Thomas Feibel

NetzKrimi: Cybermobbing

NetzKrimi

Thomas Feibel

Cybermobbing

Hilda und Hulda lösen jeden Fall!

Illustriert von Julia Dudenko

medhochzwei

Bibliografische Informationen der Deutschen Nationalbibliothek

Die Deutsche Nationalbibliothek verzeichnet diese Publikation in der Deutschen Nationalbibliografie; detaillierte bibliografische Daten sind im Internet über http://dnb.d-nb.de abrufbar.

FSC
www.fsc.org
MIX
Papier aus verantwortungsvollen Quellen
FSC® C013205

www.medhochzwei-verlag.de

ISBN 978-3-86216-841-5

Mitratekrimis für Medienkompetenz und Konzentration (Band 1)

Personen, Orte, Spiele und Firmen sind frei erfunden. Ähnlichkeiten mit lebenden Personen oder realen Orten, Spielen und Firmen sind rein zufällig.

Illustrationen:
Titelbild und Krimis: © Julia Dudenko;
Wissensteil: Vektorgrafiken: © shutterstock/brainpencil #209861368, Emoticons: © 2019 Twitter, Inc and other contributors. Code licensed under the MIT License: http://opensource.org/licenses/MIT. Graphics licensed under CC-BY 4.0: https://creativecommons.org/licenses/by/4.0/
Satz: Sabine Brand
Umschlaggestaltung: Sabine Brand
Druck: mediaprint solutions GmbH, Paderborn

Inhalt

Vorwort

Liebe Detektivinnen und Detektive,

auf meinen vielen Lesereisen haben mir Kinder, Jugendliche und Lehrkräfte immer wieder von ihren unschönen Erfahrungen mit Cybermobbing erzählt. Oft wird das Problem in der Schule und zu Hause erst aufgegriffen, wenn es bereits zu spät ist und es einen unschönen Vorfall mit Beschimpfungen oder Beleidigungen zum Beispiel über WhatsApp gegeben hat.

Gerade weil Cybermobbing kein leichtes Thema ist, habe ich mich für die unterhaltsame Form des Mitratekrimis entschieden. Deshalb sind die Abenteuer der Detektivzwillinge Hilda und Hulda locker, witzig und spannend. Sie machen auf jeden Fall deutlich mehr Spaß als ein trockenes Arbeitsblatt und fördern ganz nebenbei deine Medienkompetenz.

Jeder Krimi fordert zudem dein detektivisches Gespür heraus und um alle Fälle zu lösen, musst du sehr aufmerksam beobachten und auch Zusammenhänge erkennen. Weil die Geschichten so kurz sind, hast du einen schnellen Leseerfolg und die raffinierten Zusatzaufgaben steigern sogar deine Lesekompetenz.

Zum Schluss findest du noch einen nützlichen Sachbuchteil mit allen wichtigen Informationen, die du zum Thema Cybermobbing wissen musst.

Es gibt drei verschiedene Schwierigkeitsstufen bei den Krimis, die jeweils mit Sternchen gekennzeichnet sind:

* = einfach
** = mittel
*** = knifflig

Ich hatte sehr große Freude daran, diese Geschichten über die schlauen Zwillingsschwestern Hilda und Hulda zu schreiben.

Viel Spaß beim Lesen!

Thomas Feibel
Berlin, August 2021

Foto: HOFFOTOGRAFEN

Thomas Feibel (Jahrgang 1962) ist der führende Journalist zum Thema „Kinder und digitale Medien" in Deutschland. Er leitet das „Büro für Kindermedien" (www.feibel.de) in Berlin und publiziert u. a. in „Der Spiegel", „c't" und arbeitet auch für Hörfunk und Fernsehen. Er schreibt Sachbücher („Jetzt pack doch mal das Handy weg", Ullstein), hält viele Vorträge, gibt Workshops und hat zahlreiche Kinder- und Jugendbücher („Mach Deinen Medienführerschein", „Happy, der Hund im Handy", Carlsen) veröffentlicht, die in zahlreiche Sprachen übersetzt wurden. 2014 wurde er von Bibliothek & Information Deutschland (BID) für seine Arbeit zur Leseförderung und Vermittlung elektronischer Medien für Kinder und Jugendliche mit der Karl-Preusker-Medaille ausgezeichnet.

Personen

Hilda und Hulda Abramson

Hilda und Hulda sind zwölf Jahre alt und total berühmt. 15 Millionen Fans folgen den dänischen Zwillingen auf YouTube, Instagram und TikTok. Hilda kennt sich gut mit Technik aus und Hulda hilft Kindern, wenn sie im Internet ernste Probleme bekommen. Seitdem sie in ihrer Schule selbst Opfer von Cybermobbing und Drohungen geworden sind, übernehmen sie als clevere Netz-Detektivinnen knifflige Fälle und überführen die Täter. Hilda und Hulda haben sich noch nie gestritten. Sie leben gemeinsam mit ihren YouTuber-Eltern und ihrem schlauen Hund Speck auf einem Hausboot auf der Spree in Berlin.

Friedo Grünfeld

Friedo erzählt in diesem Buch von seinen Abenteuern mit Hilda und Hulda. Er ist zwölf Jahre alt und geht mit den Zwillingen in die sechste Klasse der Seymour-Papert-Gesamtschule. Als begeisterter Gamer träumt er davon, ein richtiger Let's Player zu werden. Von der Idee sind seine Eltern nicht gerade angetan. Allerdings muss er noch viel über Schnitt, Beleuchtung und Ton lernen. Darum ist Friedo stets mit der Handykamera zur Stelle, wenn die Zwillinge einen neuen Fall lösen.
Friedo bewundert an Hilda ihren scharfen Verstand, und Hulda mag er wegen ihrer Warmherzigkeit sogar ein bisschen mehr.

Speck

Speck ist klug und versteht jedes Wort. Hilda und Hulda haben ihn als kleinen Welpen geschenkt bekommen, als sie sechs Jahre alt waren. Seinen Namen verdankt er einem Missverständnis. Denn damals hatten ihre Eltern ihnen erklärt, dass der Hund ein *Jack Russel* sei. Die Mädchen hatten aber ***Speck** Russel* verstanden und sich darüber kaputtgelacht. Seitdem heißt er Speck.

Er darf auch mit zur Schule und wird von einer Lehrerin zum Schulhund ausgebildet. Mit seiner Spürnase unterstützt er die Detektivarbeit der Zwillinge.

Aya und Mikkel Abramson

Die Eltern von Hilda und Hulda stammen aus Dänemark und sind selbst berühmte YouTube-Stars. Bekannt wurden sie mit Liveberichten von ihrer abenteuerlichen Weltumsegelung.
Kurz nach der Geburt der Zwillinge zogen die Abramsons nach Berlin und starteten ihren bekannten YouTube-Family-Kanal: „Wir sind die Abramsons". Millionen Menschen sahen Hilda und Hulda über das Internet aufwachsen.
Vater Mikkel bereitet heute auf YouTube und Twitch superleckere Rezepte zu, Mutter Aya klärt über wichtige, aktuelle Erkenntnisse aus der Wissenschaft auf. Ihr Studio ist im ersten Stock des Hausboots.

Erster Fall: Hass ist so krass*

Am Donnerstagabend schreibt mein Freund Flocki eine richtig blöde Nachricht in unseren Klassenchat:

~ Flocki

HILDA UND HULDA SIND VOLL HÄSSLICH,
MEGADUMM + ÜBELST FETT!! 🐷🐷
DIESE ASSI-SCHWESTERN NERVEN SO HART
IN DER 6D! 🤮🤮🤮 JEMAND SOLLTE IHNEN
MAL KRÄFTIG AUFS MAUL HAUEN!!! 👊💪☠️

Fast fällt mir vor Schreck mein Handy herunter. Was ist denn auf einmal mit Flocki los?
Mein bester Freund seit dem Kindergarten heißt eigentlich Ferdinand von Flockenbach, aber alle sagen „Flocki" zu ihm. Treffen wir uns zu zweit, ist er supernett und sehr lustig. Aber sobald andere Kinder dabei sind, wird er ganz still. Soll Flocki im Unterricht etwas sagen, bekommt er meist einen roten Kopf und bringt keinen Ton mehr raus. Darum passt es auch überhaupt nicht zu ihm, dass er Hilda und Hulda im Chat so krass beleidigt.

Neu in der Klasse

Ich weiß noch genau, wie Hilda und Hulda vor drei Monaten mit ihrem Hund Speck neu zu uns in die 6d der Seymour-Papert Gemeinschaftsschule kamen. Uns allen stand staunend der Mund offen. Schließlich sind die Zwillinge total berühmt und haben Millionen von Fans.

Kaum zu fassen, dass unsere Lieblings-Stars jetzt ausgerechnet in unsere Klasse gehen!
Die blonden Schwestern waren aber überhaupt nicht eingebildet, sondern ganz normal und richtig nett. Anfangs wollte noch die halbe Schule Autogramme haben und ein schnelles Selfie mit ihnen und Speck ergattern. Doch irgendwann hatten wir uns recht schnell daran gewöhnt, dass Hilda und Hulda unsere neuen Mitschülerinnen waren. Sie machen Hausaufgaben wie wir. Bei Klassenarbeiten stöhnen sie wie wir. Und in der Mensa stochern sie im ekligen Mittagessen herum wie wir. Kurz: Sie gehören einfach zu uns. Von Flocki weiß ich sogar, dass er heimlich für Hilda schwärmt.

Sag mal, geht's noch?

Sofort rufe ich Flocki an, um zu erfahren, was der ganze Quatsch soll. Es springt aber bloß seine Mailbox an. Ich schreibe ihm eine Nachricht.

~ Friedo

Sag mal, geht's noch??? Was sollen die lausigen Beleidigungen? Ruf mich sofort zurück!!!

Auf meinem Handy trudelt eine Nachricht nach der anderen ein. Es sind die ersten Kommentare aus der 6d: Flocki wird im Klassenchat beschimpft, beleidigt und verflucht. Vor allem die Mädchen regen sich über seine fiesen Sprüche auf.
Nur einer ist auf Flockis Seite: Bert.

~ Bert

Yo, Flo! Hast so recht! Diese dämlichen Doppelzicken halten sich echt für was Besseres. Zeit, dass ihnen einer mal den Marsch bläst!

Komisch, dass Bert zu Flocki hält. Sonst ist Flocki für ihn immer nur das „Opfer“, weil er schüchtern und ein wenig ungeschickt ist. Der Grobian hat ihm sogar schon mehrmals Kloppe angedroht. Von Bert ermutigt machen sich jetzt auch noch seine Kumpel über die Namen Hilda und Hulda lustig. Sie schreiben „Fiffi und Fuffi“, „Bimmel und Bummel“ oder „Piepsi und Pupsi“.
Und dann bekommen sich alle in die Haare.
Spätestens jetzt muss Flocki doch kapieren, was für einen riesigen Mist er angerichtet hat. Weil er mir immer noch nicht geantwortet hat, rufe ich noch zweimal an. Ohne Erfolg. Auch bei meinem Lieblingsspiel „Clan of the Flashyman“ ist er nicht dabei, obwohl wir jeden Abend online zocken. Dann knöpfe ich ihn mir eben morgen in der Schule vor, sage ich mir, und schlage mich alleine durch die Vampirwelt. Aber die ganze Zeit habe ich ein mulmiges Gefühl.

Wie feige ist das denn?

In der 6c herrscht wegen Flockis Nachricht immer noch große Aufregung. Alle quatschen durcheinander und es ist irre laut. Mädchen schreien Jungs an, Jungs brüllen Mädchen an. Und dann wird es plötzlich still.
Speck trippelt gerade zur Tür herein, dicht gefolgt von Hilda und Hulda. In ihren Videos tragen die Zwillinge immer gleiche Klamotten. Aber in der Schule ist Hilda immer schick und modisch, während Hulda am Liebsten schlabbrige Sachen anzieht. Jetzt starren sie alle an, doch die Schwestern lassen sich überhaupt nicht anmerken, ob sie den Chat gesehen haben.
Hilda setzt sich an ihren Platz, Hulda packt Hefte und Bücher aus. Speck macht es sich unter dem Tisch bequem. Es klingelt zum zweiten Mal, aber von Flocki fehlt immer noch jede Spur.

Ich ärgere mich über ihn, weil er ein solcher Feigling ist. Sorgen mache ich mir natürlich trotzdem.

Frau Kastinaki wird blass

Inzwischen ist es wieder sehr laut. Unsere Klassenlehrerin bemerkt sofort die große Unruhe. „Kann mir bitte jemand sagen, was los ist?", fragt Frau Kastinaki in die Runde. Weil sie nicht in unserem Klassenchat ist, hat sie natürlich keine Ahnung.
„Gar nichts", blökt Bert. „Die Mädels hühnern nur wie üblich herum. Gack, gack!"
Die Mädchen sind stinksauer und lassen Berts dumme Bemerkung natürlich nicht auf sich sitzen.
Clarissa klärt Frau Kastinaki auf. „Flocki hat im Klassenchat Hilda und Hulda richtig fies gemobbt!"
„Voll frauenfeindlich", ergänzt Benisha. „Bert mischte auch wieder mit."

„Was genau hat er denn geschrieben?“, will die Lehrerin wissen. Achmed meldet sich. „Er hat, er hat …“ Dann prustet er los und hält sich vor Lachen den Bauch. Da bricht auch das Gelächter aus der ganzen Klasse heraus, aber es ist kein lustiges Lachen. Und ich? Ich traue mich kaum zu Hilda und Hulda rüberzuschauen, sehe aber, dass ihnen das Ganze offenbar wenig auszumachen scheint. Aber ich kenne sie auch noch nicht so gut. Schließlich steht Emma auf und hält der Klassenlehrerin ihr Handy hin.

Frau Kastaniki wird ganz blass. „*Das* hat er geschrieben?“ Sie schaut sich um. „Wo steckt Flocki eigentlich?“

„Der Schisser ist nicht gekommen“, schimpft Clarissa und die anderen Mädchen stimmen ihr nickend zu. „Typisch!“

„Die Memme hat auch allen Grund Angst zu haben“, ruft Trixi.

Hass zum Frühstück

Frau Kastinaki holt tief Luft. „Ich werde den Vorfall natürlich dem Direktor melden müssen.“ Mitfühlend blickt sie zu den Zwillingen. „Für euch beide muss dieser Vorfall besonders fürchterlich sein. Ihr seid recht neu an dieser Schule und dann gleich sowas …“

Hilda winkt ab. „Halb so wild. Das erleben wir jeden Tag. Hassbotschaften sind unser Frühstück.“

Verwundert zieht Frau Kastinaki die Augenbrauen hoch. „Dann macht euch das gar nichts aus?“

Hilda lehnt sich lässig zurück und verschränkt die Arme. „Nö! Mir nicht.“

„Also mir schon“, mischt sich Hulda ein und steht auf. „Wenn wir sonst miese Beschimpfungen und Drohungen erhalten, bleiben die Absender anonym. Aber ich komme überhaupt nicht damit klar, wenn wir in der eigenen Klasse gemobbt werden.“

Überrascht schaut Hilda ihre Schwester an. „Auch wieder wahr."
„Waff, wraff", meldet sich der Hund.
„Speck hat recht", antwortet Hilda. „Wir müssen etwas unternehmen!" Ihr Blick schweift durch die Klasse. „Ist jemand von euch näher mit Flocki befreundet?"
Ich schlucke. Dann hebe ich zaghaft die Hand. „I-ich", stottere ich, weil ich absolut keinen Schimmer habe, wie ich meinen besten Freund verteidigen soll.
„Gut", erklärt Hilda. „Dann statten wir Flocki nach der Schule mal einen Besuch ab. Und Friedo wird uns begleiten."

Wir sind schließlich Vorbilder

Als ich die Schule verlasse, warten schon Hilda und Hulda im Schulhof auf mich. Speck schnüffelt munter an einem Baum herum und wedelt mit dem Schwanz.
„Hör zu, Friedo", erklärt Hilda. „Uns reicht Flockis Adresse."
Hulda lächelt mich schief an. „Flocki ist schließlich dein Freund. Wenn du nicht mitkommen möchtest, können wir das verstehen."
Es ist das allererste Mal, dass die Zwillinge mit mir reden. Bisher habe ich mich nie getraut, sie anzusprechen.
„N-nein, nein – ich komme auf jeden Fall mit euch mit." Keine Ahnung, warum ich das sage. Vielleicht will ich Flocki vor den Schwestern schützen. Vielleicht bin ich auch einfach nur neugierig.
Auf dem Weg zur U-Bahn tippt Hilda ihre Schwester an. „Warum nehmen wir eigentlich nicht einfach die ganze Geschichte auf. Dann kann jeder sehen, wie wir mit so einer schwierigen Situation umgehen."
„Waff, wraff", bellt Speck.
„Ja, ja, Speck!" Hilda muss lachen. „Du brauchst uns nicht daran erinnern, dass wir auch Vorbilder sind."

Hulda runzelt die Stirn. „Die Idee gefällt mir. Aber wer filmt? Du, ich oder wir beide abwechselnd?“
Hilda schüttelt den Kopf. „Dann brauchen wir Stunden, um alles zu schneiden.“
Ich räuspere mich. „I-ich könnte das doch übernehmen!“
„Was genau?“, fragt Hulda.
„Na, euch aufnehmen …“
„Du?“, fragt Hilda ungläubig. „Hast du überhaupt schon mal mit einem Smartphone gefilmt?“
Ich merke, wie ich mich über ihre Frage ärgere.
„Du wirst lachen“, erkläre ich spitz. „Ich habe damit sogar schon mal telefoniert.“
Hilda und Hulda müssen grinsen.
„Na gut, Friedo“, gibt Hilda nach und reicht mir ihr Handy. „Einen Versuch ist es wert. Aber verkack's nicht.“
Speck kläfft. Ich weiß zwar nicht, was er sagt, ich kann es mir jedoch denken. Ich muss meine Sache gut machen.

Der die Bauchschmerzen vortäuscht

Familie von Flockenbach wohnt in einer der besten Gegenden Berlins. Hier reiht sich eine Villa an die nächste. Meistens bin ich es, der Flocki besucht und nicht umgekehrt. Ich gebe zu, dass ich mich ihm gegenüber ein wenig für unsere Drei-Zimmer-Wohnung schäme.
„Nobel, nobel, die Hütte“, sagt Hilda anerkennend, als wir an Flockis schickem Haus ankommen.
Hulda linst durch den schwarzen, schmiedeeisernen Zaun. „Und einen Pool gibt es auch.“
Der Türöffner summt und Frau von Flockenbach steht in der Tür.

„Ach, Friedo“, ruft Flockis Mutter und mustert die Zwillinge und den Hund. „Das ist aber nett. Ihr bringt Ferdinand sicher die Hausaufgaben. Er hatte heute Morgen furchtbare Bauchschmerzen“, sagt Flockis Mutter und schaut überrascht. „Warum hast du denn das Telefon in der Hand? Filmst du mich etwa?“
„Nein“, sage ich wahrheitsgemäß.
„Ein Glück!“ Nervös fährt sie sich durchs Haar. „Hach, ich bin doch gar nicht zurechtgemacht.“

Flocki sitzt im Schlafanzug auf dem Bett und spielt mit seinem Fidget Spinner. Er ist weiß wie ein Laken und seine Augen sind geschwollen. Entweder hat er nicht geschlafen, geheult oder beides. Nur an „Bauchschmerzen“ glaube ich keine fünf Sekunden. Als Flocki mich sieht, lächelt er schwach. Doch beim Anblick der Zwillinge erschrickt er und wird noch blasser, obwohl das eigentlich kaum möglich ist.
Die Schwestern geben mir ein Zeichen und ich schalte die Kamera ein. Sofort hält er schützend eine Hand vors Gesicht. „Hör auf mich zu filmen, Friedo! Bitte!!“
„Geht nicht“, antwortet Hilda. „Friedo ist unser neuer Kameramann.“
„Das ist nicht witzig“, flüstert Flocki.

„Ach ja?“, fragt Hulda. „Und findest du es etwa witzig, was du über uns im Chat geschrieben hast?“
Flocki zieht sein Handy unter dem Kissen hervor und springt aus dem Bett. „Mir ist vollkommen klar, warum ihr hier seid.“ Er zeigt auf den Verlauf des Chats. „Und es tut mir sehr leid. Ganz ehrlich. Aber ich war das nicht.“
„So, so“, sagt Hilda streng. „Und warum bist du dann heute nicht in die Schule gekommen?“
„Weil ich Angst hatte. Alle denken doch, dass ich dahinterstecke und ihr auch.“
„Das kannst du deiner Oma erzählen“, schimpft Hilda. „Was haben wir dir eigentlich getan, Ferdinand von Flockenbach?“

Glaubt ihr mir?

„Warte“, meint Hulda versöhnlicher. „Lass ihn doch mal ausreden, Hilda. Wie meinst du das, du warst es nicht? Die Nachricht kam doch von deinem Handy, oder?“
„Schon“, gibt Flocki zu. „Aber ich war gestern Abend beim Karatetraining. Ich gehe donnerstags und freitags hin.“
„Und dein Handy hattest du dabei?“, forscht Hilda nach.
„Ja, aber dort liegt es immer auf lautlos geschaltet ganz unten in meiner blauen Tasche. Jemand muss während des Trainings an mein Handy gegangen sein.“
„Wie viele Leute sind in deinem Kurs?“, will Hulda wissen.
Flocki kratzt sich am Kopf. „So zehn oder zwölf.“
„Ist da auch jemand aus unserer Schule mit dabei?“, fragt Hilda.
„Ja. Warum?“
„Das ist doch logisch“, findet Hulda. „Wenn du es nicht warst, muss es jemand gewesen sein, der weiß, dass wir drei in eine Klasse gehen. Und diese Person will dir schaden!“

„Waff, wraff“, macht der Hund.
„Oder uns“, meint Hilda. „Guter Punkt, Speck! Also, wer ist noch dabei?“
„Es gehen drei aus unserer Klasse in meinen Kurs. Clarissa, Trixi und Bert. Wegen Bert habe ich überhaupt mit Karate angefangen und jetzt taucht der Schläger hier auch noch auf. Seitdem würde ich am liebsten nicht mehr hingehen.“
„Wir sollten uns morgen mal dringend mit ihnen in der Schule unterhalten“, schlage ich vor.
„Wieso bis morgen warten?“ Hilda grinst. „Heute Abend ist doch auch Training.“ Sie nimmt Speck auf den Arm. „Ihr werdet sehen, das wird ein richtiger Krimi.“
Flocki schaut uns traurig an. „Ihr glaubt mir also?“
„Waff, wraff“, macht Speck. Ich bin ganz seiner Meinung.

Ich? Warum sollte ich das tun?

Vor dem Karateclub tritt Flocki nervös von einem Fuß auf den anderen. „Mir ist nicht ganz wohl. Ich glaube, ich bekomme jetzt wirklich Bauchschmerzen.“
„Keine Panik.“ Freundlich tätschelt Hilda seine Schulter. „Ist doch gut, dass du dabei bist, wenn wir den wahren Täter oder die wahre Täterin überführen.“
Hulda nickt. „Hauptsache, Friedo dreht alles mit.“
„Kamera läuft“, bestätige ich.
Plötzlich wird Flocki ganz bleich. Dann sehe ich auch, warum. Bert kommt mit zwei seiner Freunde im Schlepptau angelaufen.
„Du Opfer hast ja echt Nerven“, meint er. „Schwänzt die Schule und kreuzt ausgerechnet mit den Mädels auf, auf denen du gestern noch mächtig rumgehackt hast.“ Er winkt den Zwillingen zu. „Nix für ungut, Girls.“

„Wir wollen nur rausfinden“, antwortet Hilda, „ob du vielleicht hinter den Sprüchen steckst. Jedenfalls hast du dich ja gestern auch nicht gerade zurückgehalten.“
„Ich?“ Bert lacht, seine Kumpels kichern. „Warum sollte ich das tun?“
„Weil du immer Flocki mobbst“, mische ich mich ein, weil Bert echt unausstehlich ist.
Bert winkt ab. „Pfff“, macht er. „Wenn ich dem Flöckchen was tun wollte, dann würde ich ihm eine aufs Maul hauen, aber nicht in seinem Namen Nachrichten schreiben.“
Er lacht dröhnend. „Entschuldigt mich, aber ich muss jetzt gehen und einen Kampf gewinnen.“
„Waff, wraff“, macht Speck.
„Ich weiß“, meint Hulda seufzend. „Aber was sollen wir machen? Dieser Typ geht nun mal in unsere Klasse.“

Hallo? Das kann ja jeder sagen

Wenige Minuten später treffen Clarissa und Trixi in der Karateschule ein.
„He, Friedo, mach dein Handy aus!“, zischt Clarissa. „Es reicht schon, dass Flocki Mist gebaut hat!“
„Das ist unser Handy“, klärt Hulda sie auf.
Clarissa macht große Augen. „Heißt das, wir kommen in eurem nächsten Video vor?“, fragt sie begeistert.
„Aber sowas von“, meint Hilda vielsagend. „Übrigens: Flocki hat überhaupt nichts gemacht. Jemand war gestern während des Trainings an seinem Smartphone.“
„Was?“, wundert sich Trixi. „Das ist doch eine ganz schwache Ausrede. Oder könnt ihr das beweisen?“
„Genau“, pflichtet Clarissa ihr bei. „Klar steckt Flocki dahinter. Wer denn sonst?“

„Vielleicht du?“, meint Hilda herausfordernd.
„Spinnst du?“ Clarissa schüttelt traurig den Kopf. „Ich bin ein Riesenfan von euch, und mir das Ganze in die Schuhe zu schieben, gefällt mir ganz und gar nicht.“
Sie tippt Flocki auf die Schulter. „Kleiner Tipp für dich: Wenn du verhindern willst, dass Fremde in deinem Namen etwas schreiben, dann solltest du dir einen Code draufpacken.“
„Was ist mit Trixi?“, fragt Hulda. „Warst du an Flockis Handy?“
„Ich?“ Trixi regt sich auf und zeigte auf seine rote Tasche. „Ich hab's echt nicht nötig, in irgendwelchen fremden Taschen rumzuwühlen. Und warum sollte ich etwas schreiben, das euch Mädchen schadet? Wer einem Mädchen schadet, schadet doch allen Frauen.“
Plötzlich steht Bert wieder im Karateanzug vor uns. Er schaut die Zwillinge an und bricht in höhnisches Gelächter aus. „Und? Wem versucht ihr das jetzt anzuhängen?“
Hilda verschränkt die Arme. „Wir hängen niemanden etwas an. Aber mir ist jetzt alles klar.“
Hulda nickt. „Mir auch. Unser erster NetzKrimi ist gelöst.“
Hä? Alles klar? Mir ist gar nix klar.
„Waff, wraff!“
Mist, selbst Speck weiß Bescheid.
Wer hat sich bloß verraten?

NetzKrimi-Aufgaben

1 **Wer hat die fiese Nachricht geschrieben?**

2 **Finde in den Wörtern mindestens fünf versteckte Tiere!** (Zum Beispiel: Walter.)

3 **Welche drei Fehler haben sich eingeschlichen?**

Auflösung auf S. 91

Zweiter Fall: Wenn Deppen rappen**

Goldi Goldzahn ist *der* angesagte Rapper zurzeit. Ehrlich gesagt kann ich nicht viel mit ihm anfangen. Sein Markenzeichen ist ein goldener Stoffhase, den er überall mit sich rumschleppt. Mir gefallen seine Lieder einfach nicht. „Passwort 1, 2, 3, 4" finde ich richtig blöd. Und seine Texte sind megadumm.

„Baby, knackst du meinen Code, zerbricht mein Herz wie Knäckebrot", plärrt es am frühen Nachmittag aus Hildas Musikbox. Und außerdem lispelt er.

„Er lispelt überhaupt nicht!", verteidigt ihn Hilda in ihrem Zimmer. Mit gekreuzten Beinen sitzt sie auf ihrem Bett und schaut auf ihr iPad.

Hulda packt gerade ein paar Sachen zusammen.

Es ist das erste Mal, dass ich die Zwillinge auf ihrem Hausboot an der Spree besuche. Das superschicke Ding hat zwei Stockwerke. Unten wohnt die Familie Abramson und oben arbeiten sie und die Schwestern in ihrem Studio.

Durch die große Glasscheibe beobachte ich gerade ein paar Enten, die auf dem Wasser lässig vorübertreiben. Zugegeben, so ein Hausboot würde mir auch gefallen – im Gegensatz zu diesem behämmerten Goldi Goldzahn, der mich einfach nur nervt. Selbst Speck vergräbt beide Ohren unter seinen Pfoten.

„Und ob der lispelt", antworte ich. „Hör doch mal genau hin, Hilda! Der singt doch nicht ‚Passwort', sondern ‚Paffwort'."

Goldi braucht Hilfe

Hilda findet das überhaupt nicht lustig. „Goldi Goldzahn ist einfach supergenial!“, sagt sie trotzig. „Seine Stimme, sein Style, sein Flow ... – einfach alles.“

Ich will schon widersprechen, aber Hulda schüttelt nur den Kopf. „Lass gut sein, Friedo“, rät sie freundlich. „Hilda ist der größte Goldi Goldzahn-Fan des Universums. Wenn du etwas gegen ihr großes Idol sagst, dann verscherzt du es dir bei ihr für alle Zeiten.“

Ich stutze. So leidenschaftlich hätte ich Hilda gar nicht eingeschätzt. Sonst wirkt sie auf mich eher kühl und überlegt. Und jetzt ist ausgerechnet der Typ ihr Schwarm, dessen bescheuerter Namen nach einem Zahnarzt für Goldhamster klingt.

„Außerdem musst du wissen“, fährt Hulda fort, „dass mein Schwesterherz seit gestern komplett durchdreht, weil wir eine E-Mail von Goldis Managerin bekommen haben.“

„Und was steht da drin?“, frage ich.
Hilda reicht mir das Tablet. „Goldi braucht meine Hilfe“, sagt sie ein wenig von oben herab.
„Du meinst *unsere* Hilfe“, verbessert sie Hulda.

An: hildaundhulda@gmx.de
Von: tessa@goldzahn-music.de
Betr.: Hilfe!

Liebe Hilda und Hulda,

Goldi Goldzahn braucht eure Hilfe. Seitdem die Aggro-Bärin mit ihm Streit hat, ist die Hölle los. In den sozialen Netzwerken drohen Fans der Rapperin damit, Goldi zu verprügeln. Manche wollen sogar Schlimmeres. Seine Fans haben sich auch schon mit ihren Fans geschlagen.
Goldi ist ein Riesenfan von euch. Er würde gerne in einem Video von Hilda und Hulda über sein Leben und die Gefahren als Rapper sprechen. Erst letzte Woche haben besonders waghalsige Fans der Aggro-Bärin seinen goldenen Mercedes abgefackelt.
Ihr dürft Goldi alles fragen: Wie er auf seine Texte kommt oder wie er den richtigen Rhytmuhhs findet. Als Dank verspricht er einen Hilda-und-Hulda-Song zu schreiben. Und Goldi hält immer sein Versprechen! Was sagt ihr dazu?

Grüßle, Tessa
Managerin

„Stellt euch das doch nur mal vor!" Hilda lächelt verträumt. „Ein eigener Hilda-und-Hulda-Song! Von Goldi Goldzahn! Damit könnte in Zukunft jedes unserer Videos beginnen. Und wer weiß, vielleicht wird dieser Song sogar ein Hit!"

Tanz den Goldi Goldzahn

„Wer ist denn diese Aggro-Bärenmutti?", frage ich, weil ich von ihr noch nie etwas gehört habe. „Und was ist eigentlich ihr Problem?"

„Aggro-Bärin!", stellt Hilda richtig. „Ach, das ist eine andere Rapperin aus Berlin. Sie ist voll neidisch, weil Goldi so ein Superstar ist und über zwei Millionen Platten verkauft hat und sie nicht." Sie seufzt. „Weil sie nur wenige kennen, greift sie zu einem billigen Trick: Wenn sie sich mit dem berühmtesten Rapper anlegt, dann wird auch sie bekannter."

„Und wollt ihr das Interview machen?", frage ich.

„Auf jeden Fall!", sagt Hilda fest entschlossen.

„Ich bin auch dafür", stimmt Hulda ihr zu. „Obwohl ich seine Musik nicht so mag. Aber sie haben sein Auto angezündet und wer weiß, was als Nächstes passiert. Vielleicht kann unser Interview etwas Gutes bewirken und den Krieg der Rapper-Fans beenden."

„Und wann soll das sein?", will ich wissen.

„In einer guten Stunde", meint Hilda und legt das Tablet zur Seite. „Also, wie sieht's aus, Friedo? Willst du etwa weiter den Musikkritiker spielen oder kommst du als unser Kameramann mit?"

„Schon gut", lenke ich ein. Ich möchte Hilda nicht verärgern und ein wenig neugierig bin ich natürlich auch. „Ihr könnt auf mich zählen. Vielleicht muss ich mich nur an seine, äh, Musik gewöhnen." Und dann wippe ich sogar im Takt ein wenig hilflos mit.

Hulda jedenfalls bringen meine merkwürdigen Zuckungen zum Lachen.
„*Baby, Baby, du stehst vor meiner Tür und mein Passwort ist 1, 2, 3, 4*", quäkt Goldis Stimme aus der Box. Dass ich schon wieder ‚Paffwort' verstanden habe, verschweige ich lieber.

Hans-Peter wer??

Wir drei nehmen die U-Bahn, um zum Studio des Rappers in Kreuzberg zu fahren. Hilda hat sich extra in Schale geworfen. Sie trägt ein Goldi-Goldzahn-Shirt mit seinem bescheuerten Stoffhasen.
Ihr ist natürlich mein Blick nicht entgangen. „Schick, nicht wahr?" Hilda legt ihrer Schwester eine Hand auf die Schulter. „Ich habe gleich zwei Shirts gekauft und dir auch eins geschenkt, aber du zieht es nie an. Und aufs Konzert bist du auch nicht mitgekommen."
„Danke." Hulda grinst. „Aber danke nein. Eine Goldi-Goldzahn-Expertin in der Familie ist mehr als genug."
Wie aufs Stichwort spult Hilda ihr Wissen ab: „Goldi Goldzahn ist natürlich sein Künstlername. In Wirklichkeit heißt er Hans-Peter Marini. Er wurde in Frankfurt geboren, lebt in Berlin, ist 25 Jahre alt und zuckersüß."
„Hat er inzwischen eine Freundin?", fragt Hulda spöttisch.
Hilda läuft rot an, schweigt aber vielsagend.
„Also keine", stellt Hulda fest und wendet sich mir zu. „Kein Wunder, dass du es kaum erwarten kannst, dein Idol kennenzulernen."
Hilda richtet einen scharfen Blick auf mich.
Bloß nicht grinsen, sage ich mir, bloß nicht grinsen.
Nur Speck kläfft. „Waff, wraff."

„Jetzt fang du nicht auch noch davon an", knurrt Hilda den Hund an, bevor wir aus dem Bus steigen.

Das Goldzahn-Studio

Das Studio von Goldi Goldzahn liegt in einem alten Hinterhof. Speck tippelt durch die offene Tür, wir folgen ungehindert. Im Büro ist kein Mensch, nur das Licht brennt und auf den Laptops wabern bunt blubbernde Bildschirmschoner. Sehr merkwürdig.
„Hallo?", ruft Hulda in den Raum, aber niemand antwortet.
Mir ist ein wenig mulmig zumute. Für mich fühlt es sich beinah so an, als wären wir Eindringlinge. „Seid ihr sicher, dass das Treffen heute stattfindet?", frage ich.
Hulda nickt. „Ganz sicher."
Für Hilda ist dieser Besuch ein Hauptgewinn. Mit großen Augen betrachtet sie die Reihe gerahmter, goldener Schallplatten. Gleich daneben steht ein riesengroßer Aufsteller von Goldi Goldzahn. Natürlich mit seinem Stoffhasen.
Hilda macht in aller Seelenruhe ein Selfie von sich und der Pappfigur. Ich fasse in einen offenen Karton und krame zwei weitere Goldhasen hervor.

Ach, diese verflixten Hasen …

„Ah! Ihr habt die Häschen entdeckt", hören wir eine Stimme. „Hallöle."
Erschrocken fahren wir herum. Vor uns steht eine Frau mit hochgesteckten Haaren. Sie trägt eine Lederjacke und hält einen Pappbecher mit Strohhalm in der Hand, an dem sie laut schlürfend saugt.

„Ach Kinders", ruft sie betrübt, „wenn ihr wüsstet, wie lange ich schon versuche, Goldi diese verflixten Schlappohren auszureden. Sowas passt doch gar nicht zu einem knallharten Rapper. Das ist doch viel zu weich, findet ihr nicht?"
Ich erwarte, dass Hilda ihr widerspricht. Aber sie schweigt.
„Rapper sind doch nicht zum Kuscheln da", fährt die Fremde fort, „sondern sollen böse und wütend sein. Also viel mehr Gangster. Schaut euch die Aggro-Bärin an, die macht es richtig."
Hulda zuckt nur mit den Schultern. „Und Sie sind ...?"
„Ich bin Tessa, die Managerin." Sie winkt ab. „Aber seitdem ich Goldi davon überzeugen konnte, die Hasen aus Gold anzufertigen, habe ich meinen Frieden damit gemacht. Die Viecher verkaufen sie sich jetzt wie blöde." Sie lächelt Hilda an. „Ha, du trägst das Goldi-T-Shirt. Gutes Mädchen! Die verkaufen sich auch wie warme Semmeln."
Hilda zieht ihre Stirn kraus. „Geht es Ihnen denn nur ums Geld?"
„Du kannst mich ruhig duzen", antwortet sie. „Wer von euch ist eigentlich wer? Ihr seht euch, haha, so ähnlich."
„Ich bin Hulda", sagt Hulda. „Und das ist meine Schwester Hilda."
Tessa lacht. „Sorry, ich kann ja schon sonst keine Kinder auseinanderhalten. Aber Zwillinge, das ist ja eher was für Fortgeschrittene, nicht wahr?" Dann zeigt sie mit ihrem Becher auf mich. „Oh, wie ich sehe, habt ihr einen eigenen Kameramann dabei. Sehr professionell."
Begeistert klatscht sie in die Hände. „Ich freu mich, dass ihr da seid. Wenn eure und Goldis Fans zusammenkommen, steigt eure und unsere Reichweite. Äh, also das bedeutet dann, dass ihr und wir deutlich mehr Klicks bekommen."
Speck kläfft kurz. „Waff, wraff."

„Ja, wir wissen, was Reichweite ist", erklärt Hilda gereizt. „Wann fangen wir endlich an?"
„Goldi erwartet euch bereits." Sie öffnet eine schwere Metalltür zum Nebenraum. „Hier geht's lang, Kinders."
Wenn sie noch einmal „Kinders" sagt, drehe ich durch.

Was ist denn mit Hilda los?

Der Rapper sitzt barfuß an einem riesigen Mischpult mit vielen Reglern. Von ganz oben blickt sein Stoffhase auf uns herab. Goldis Arme sind komplett tätowiert und an seinen Fingern stecken goldene Ringe. Er trägt eine rote Kappe über seinen weißblonden Haaren und einen goldenen Trainingsanzug mit weißen Streifen. Vor wenigen Sekunden hat sich Hilda noch über die ätzende Managerin geärgert, aber jetzt wirkt sie supernervös. Ihre Augen sind starr auf Goldi gerichtet. Ich weiß noch nicht mal, ob sie atmet. Kurz: Hilda ist fix und fertig. Keine Ahnung, ob ich sie so filmen soll. Am Ende schadet das noch dem Ruf der Zwillinge.
Und Goldi Goldzahn? Er hat unseren Besuch noch gar nicht mitbekommen. Kein Wunder, denn es läuft höllisch laut Musik. Der Bass wummert so stark, dass ich es in meinen Eingeweiden spüre. Ich muss zugeben, dass ich seine Musik in dieser Lautstärke deutlich besser finde. Solange er nicht singt. Oder heißt das ‚rappt'? Egal, Hauptsache er singt nicht.
Als Goldi uns schließlich entdeckt, macht er die Musik leiser und springt erfreut auf.
„Endliff", ruft er strahlend. Sein goldener Zahnschmuck blitzt auf. „Da feid ihr ja!"
Es ist nicht zu übersehen, dass Goldi klein ist. Kleiner als seine Pappfigur. Kleiner als die Zwillinge. Kleiner als ich. Und, naja, er lispelt.

Ein Zahnschmuck namens Grillz

„Na, Kinderf, habt ihr schon draufen meine goldenen Platten beftaunt? Hab' iff für ganz viel verkaufte Platten bekommen. Fie wollten mir fogar Platin geben, aber Goldi nimmt nur Gold, fonft nix. Ach, Mift."

Mit der Hand greift er sich in den Mund und zieht umständlich den goldenen Zahnschmuck heraus. Erst jetzt erkenne ich, dass es eine Schiene ist.

„Tessa will immer, dass ich diese blöden Grillz trage. Stimmt's?"

Er gibt erst Hulda die Hand, dann der versteinerten Hilda. „Ich folge euch schon lange und freue mich, dass ihr gekommen seid. Ich bin ein Riesenfan von euch Zwillingen, ein Riesenfan, sag' ich. Ihr zwo rockt das Internet voll fett."

Er reißt die Augen auf. „Oh, der war gut. Moment!" Er greift sich einen Stift und zieht eine fleckige Papierserviette unter einem Teller hervor. „Das muss ich mir schnell für euren Song notieren." Er kritzelt auf das Papier. „Bin allerdings damit noch nicht sehr weit. Auf Hilda reimt sich Schilder und auf Hulda nur Schulter. Aber keine Sorge, mir fällt hoffentlich noch was Besseres ein."

Das bezweifle ich. Hulda wirkt auf mich auch nicht gerade überzeugt. Und Hilda geht glatt als unbewegliches Denkmal durch.

Bäm und wusch

Plötzlich entdeckt Goldi den Hund. „Oh nein!!“, kreischt er. „Ihr habt ja euren süßen Hund mitgebracht. Wie heißt der nochmal? Nicht verraten! Äh, Wurst?“
Hilda bekommt keinen Ton raus. Ob sie sich das Treffen mit ihrem Idol so vorgestellt hat?
„Sein Name ist Speck“, klärt Hulda ihn auf.
„Ach ja, Speck“, sagt er und schlägt sich an die Stirn. „Dann bist du also Wurst?“
Ich brauche einen Moment, bis ich kapiere, dass er damit mich meint. „Normalerweise spricht mich niemand mit ‚Wurst‘ an. Ich bin Friedo, der Kameramann“, stelle ich mich vor.
„Haha, nur ein Scherz“, kichert er und posiert vor der Kamera. „Yo Freddy, bei dir alles klaromanscharo?“ Dann hält er mir die Ghettofaust hin. Notgedrungen erwidere ich den Check.
„Bäm und wusch!“, ruft Goldi begeistert. „Bäm und wusch!“
Ich werde wohl voraussichtlich kein Goldi-Fan.
„Waff, wraff“, bellt Speck.
„Ich weiß“, flüstert Hilda zerknirscht.
Auch Hulda hat die Geduld verloren. „Können wir jetzt vielleicht mit dem Interview beginnen?“
„Richtig so, Kinders“, stellt Tessa fest. „Zeit ist Geld.“

Das Geheimnis des Stoffhasen

Ich prüfe nochmal das Handy, aber die Kamera läuft ohnehin die ganze Zeit.
Goldi klatscht mehrfach in die Hände. „Cool. Legen wir los.“
„Was hat es mit dem Stoffhasen auf sich?“, will Hilda wissen. Hulda und ich schauen uns überrascht an. Wir beide hätten

eher nach den Drohungen oder dem angezündeten Auto gefragt. Aber jetzt ist offensichtlich Hildas Fan-Stunde.

Auch Goldi scheint nicht begeistert zu sein. „Oh“, sagt er zerknirscht und holt seinen Stoffhasen. „Das ist für mich ein sehr schwieriges Thema. Kann sein, dass ich gleich heulen muss. Ich bin auch nur ein Mensch, so mit Gefühlen.“

Die Managerin schaut Goldi böse an, aber der Rapper ist nicht zu bremsen.

„Also gut, ich will ganz ehrlich zu euch sein. Mein Hase heißt Dobby und ist von meiner Mutter.“ Er schluckt, seine Unterlippe bebt. „Dobby ist die letzte Erinnerung, die mir von ihr geblieben ist.“

„Oh, das tut mir leid“, sagt Hilda mitfühlend. „Wann ist sie denn gestorben?“

„Was?“ Erstaunt schaut er uns an. „Sie ist gestorben??? Nein, sie ist doch nicht tot, sondern in Bremen. Im Knast mit Klo und Waschbecken in der Zelle. Mutti hat extra was angestellt, damit das besser zu meiner Biografie als Rapper passt und ich offiziell aus kriminellen Verhältnissen komme. Wir schreiben uns täglich. In drei Jahren kommt sie raus.“ Er zieht ein goldenes Taschentuch aus seiner Hosentasche und trompetet laut hinein. „Ich will ja schon Gangster sein, aber bitte ein ganz lieber. Stoffhase statt Knarre, versteht ihr? Dem Hasen zu Ehren habe ich dem Hip-Hop abgeschworen.“ Er wendet sich meiner Handykamera zu. „Jetzt ist es offiziell: Ich mach nur noch Hippel-di-hoppel!“

Tessa verdreht die Augen.

Ich schaue zu Hilda und Hulda. Speck bellt. „Waff, wraff.“ Anscheinend denken alle dasselbe. Wir sind in keinem Studio, sondern in einem Irrenhaus. Und dann stehen plötzlich zwei uniformierte Polizisten im Raum.

Kein Autogramm für die Polizei

Einer der Polizisten hat einen Schnauzbart, der andere trägt Sonnenbrille und ein Tablet in der Hand.

„Sind Sie Hans-Peter Marini?", beginnt der Schnauzbart.

„Auch bekannt als Goldi Goldzahn?", ergänzt die Sonnenbrille.

„Ja und ja!" Goldi wischt sich mit dem Ärmel den Rotz von der Nase und lächelt hocherfreut. „Das bin ich! Sie möchten sicher ein Autogramm." Er zückt seinen Stift. „Für wen soll ich schreiben?"

„Darum sind wir nicht hier." Der Polizist mit der Sonnenbrille schüttelt den Kopf. „Es liegt eine Anzeige gegen Sie vor."

„Oh nein, schon wieder?" Amüsiert zieht Goldi seine rote Kappe ab und wuschelt sich durch die braunen Haare. „Haben sich etwa die Nachbarn beschwert? War die Musik zu laut? Diese Leute hier mögen keinen Rap, sondern nur Volksmusik. Kreuzberg hat sich so verändert."

„Nein", widerspricht der Vollbart. „Sie wurden angezeigt, weil Sie jemanden im Internet bedroht haben sollen."

„I-ich?" Goldi fällt aus allen Wolken. „Wieso ausgerechnet ich?"

„Drohen, Beleidigen und das Billigen von Straftaten ist gegen das Gesetz", erklärt der Polizist.

„Steht darauf etwa Gefängnis?", hakt Tessa nach und klingt erfreut.

Die Polizisten nicken. „Allerdings. Zwei Jahre Minimum."

„Aber hallöle!" Glücklich fällt die Managerin Goldi um den Hals. „Endlich Gangster, mein Schätzle! Das wird deiner Karriere so einen Schub geben. Du wirst es sehen!"

„Was denn für Straftaten? Ich habe doch gar nichts getan." Verwirrt löst sich der Rapper aus ihrer Umarmung. „Ich will nicht ins Gefängnis, außer ich komme zu Mutti."

„Ein Einbruch bei Marlene Kowalski", erklärt der Schnauzbart. „Wir haben Hinweise erhalten, dass Sie dahinterstecken."

„Ich kenne aber keine Marlene Kowafdingsbums …“ Ratlos zuckt er mit den Schultern. „Wer soll das denn sein?“
„Frau Kowalski ist Musikerin, besser bekannt unter dem Namen …“ Der zweite Polizist liest von seinem Tablet ab. „Aggro-Bärin. Ihr Studio wurde gestern komplett ausgeräumt.“

Uns liegen Beweise vor

Hilda, Hulda und ich verfolgen atemlos das Gespräch. Erst sollen wir Goldi wegen dem Streit mit der Aggro-Bärin interviewen und uns anhören, wie sehr er bedroht wird. Und jetzt soll es genau umgekehrt sein?
„Diese Aggro-Bärin ist schon länger hinter Goldi Goldzahn her“, erklärt Tessa. „Das hat die sich alles nur ausgedacht, um sich wichtig zu machen.“
„Genau“, ruft Goldi. „Nehmen Sie lieber die Aggro-Bärin fest. Die hat ihre Fans dazu angestachelt, meinen schönen goldenen Benz anzuzünden. Der war gerade frisch vollgetankt.“
„Uns liegen allerdings unwiderlegbare Beweise vor, dass Sie zu dem Einbruch aufgerufen haben“, meint die Sonnenbrille.
„Was denn für Beweise?“ Goldis Mund klappt auf und zu, auf und zu.
Der Polizist klopft auf sein Tablet. „Alles hier drauf. E-Mails mit Drohungen, die Sie geschrieben haben. Auch die Aufforderung zum Einbruch steht in den sozialen Netzwerken.“
„Wie soll ich das denn gemacht haben?“ Goldi schüttelt unglücklich den Kopf. „Ich habe ja noch nicht mal WhatsApp.“

Ich bin Gangster

„Könnte ich vielleicht das Beweismaterial sehen?“, mischt sich Hilda ein. Endlich ist sie aus ihrer Schockstarre erwacht.
„Ach du Schreck!“, ruft der Schnauzbart. „Seid ihr nicht Hilda und Hulda, die berühmten Zwillinge? Meine Tochter ist ein Riesenfan!“ Er zieht ein Handy aus seiner Tasche. „Kann ich ein Selfie mit euch machen? Bitte!! Meine Lisa würde mir das sonst nie verzeihen.“
„Kein Problem“, stimmt Hulda zu.
„Allerdings erst, nachdem wir die E-Mail gesehen haben“, fordert Hilda.
Der Polizist reicht ihr das Tablet.
„Das ist ja ein Song!“, stellt Hilda überrascht fest.
„Lies mal vor“, bitte ich.

Dir hinterlistigen Bärenkuh
Sollte mal jemand das Fell abziehen.
Meckerst an mir immerzu
Los, entschuldige dich auf Knien
Ich bin Gangster

Ich bin der Meister
Und noch viel dreister
Grizzlyfleisch vom Grill
Ist das, was ich will
Ich bin Gangster

Ist dein Studio wie leergefegt
Bist du gleich ganz aufgeregt
Grüßle, hallöle und tschüssle
Ich bin Gangster

Tja, du hast mein Auto angezündet
Und mich überall schlecht gemacht
So sei hier und jetzt verkündet
Dass es am Ende richtig kracht
Ich bin Gangster

Deine Musik ist gar keine
Und du kannst keine Reime
Hast keinen Schimmer vom Rhytmuhhs
Ich brech' dir die Arme und dann ist Schluss.
Ich bin Gangster.

Wieso ist das dumm?

„Wow!", stößt Goldi aus und seufzt. „Das ist gut, sogar richtig gut. Aber nicht von mir. Leider."
Der Polizist tippt auf das Tablet. „Das ist doch Ihre E-Mail-Adresse oder nicht? Und das hier ist doch Ihr Konto bei Instagram und Facebook?"
„Ja", gibt der Rapper zu. „Nur habe ich das wirklich nicht geschrieben. Wissen Sie, mir fällt reimen sonst eher schwer." Goldi räuspert sich. „Ganz ehrlich, liebe Polizeimänner, jemand muss mein Passwort geknackt haben."
„Das ist ja wohl die älteste Ausrede der Welt", stöhnt der Polizist mit der Sonnenbrille. „So einfach ist das doch nicht herauszufinden."
„Vielleicht doch", mische ich mich ein. „Kommt ganz drauf an, wie das mit dem Song ‚Passwort 1, 2, 3, 4' gemeint ist."
„Das ist natürlich ironisch", erklärt Hilda. „Niemand verwendet 1, 2, 3, 4 als Passwort und ist dann so dumm, es in einem Song auszuposaunen."

„Äh." Goldi tritt von einem Fuß auf den anderen. „Und wieso, junge Dame, sollte das dumm sein?"

Hilda beißt sich kurz auf die Zunge. „Wie auch immer", erklärt sie schließlich kopfschüttelnd. „Der Song ist trotzdem nicht von Goldi."

Speck bellt kurz. „Waff, wraff."

„Du hast auch gut aufgepasst", lobt Hulda ihren Hund. „Und wir können sogar beweisen, wer es war."

Beweisen? Wie denn? Habe ich was verpasst?

Ich verstehe mal wieder gar nichts.

NetzKrimi-Aufgaben

1 **Wer steckt hinter allem?**

2 **Finde in den Wörtern mindestens fünf versteckte Körperteile!** Zum Beispiel: Lauge.

3 **Welche drei Fehler haben sich eingeschlichen?**

Auflösung auf S. 93

Dritter Fall: Der Pränk ist kränk**

Nach Schulschluss treffen wir uns mit Flocki in der Schulbibliothek. Hilda und Hulda haben keine Ahnung, warum er uns dorthin bestellt hat. Ich auch nicht. Alle anderen strömen aus der Seymour-Papert-Gesamtschule in die Freiheit. Wir drei haben ebenfalls etwas Besseres vor, etwas viel Besseres.
„Was sollen wir hier?“, fragt Hilda ungeduldig.
Flocki blickt nervös hinter die Regale, als müsste er unbedingt sicher sein, dass uns niemand belauscht. Selbst die Schulbibliothekarin sitzt nicht mehr an ihrem Platz, sondern ist bestimmt schon auf dem Weg nach Hause.
Auch Hulda schaut verständnislos. „Was soll die ganze Geheimnistuerei?“
Ich gebe zu, dass ich in letzter Zeit gerne in unserer Schulbibliothek abhänge. Denn hier gibt es nicht nur Laptops mit Internetanschluss, sondern auch einen 3D-Drucker, einen Roboter und eine Xbox, die es mir als Zocker natürlich besonders angetan hat.
Flocki winkt uns zu den Rechnern. „Ich muss euch unbedingt etwas zeigen“, flüstert er.
„Und das ging nicht auf dem Handy?“, wundert sich Hilda.
„Handys sind doch in der Schule verboten“, erklärt er ein wenig lahm. „Außerdem können wir so zu viert viel besser reinschauen.“
Dann schaltet Flocki einen der tragbaren Computer ein und startet YouTube.

Schoko-Schocker

Im Video legt jemand eine Tafel Schokolade auf eine Heizung.
„Oh, sehr sehr spannend“, spottet Hilda.
Hulda grinst. „Ein echter Schoko-Schocker“, findet sie.
„Jetzt wartet doch mal ab“, fordert Flocki.
Kaum ist die Schokolade weich geworden, ergreift eine Hand die total schlaff gewordene Packung. Mit einer roten Schere schneidet die andere Hand eine Ecke ab. Danach wird die geschmolzene Schokolade in kreisförmigen Bewegungen auf dem Boden im Schulflur ausgepresst. Das Ergebnis sieht wie ein verblüffend echter Hundehaufen aus.
„Iiiiiih“, ruft Hulda. „Das ist ja voll eklig!“
„Moment mal.“ Hilda kneift nachdenklich die Augen zusammen. „Das ist doch unser Schulflur oder nicht?“
Sie hat recht. Im Video bimmelt unsere Pausenklingel und ich erkenne viele bekannte Gesichter. Alle machen einen Riesenbogen um den Haufen. Manche ziehen ein angewidertes Gesicht, andere kichern und lachen verlegen.
Dann tritt aber ausgerechnet Frau Grabenow mit ihren Gesundheitslatschen voll hinein. Das Zeug spritzt überall hin, die Religionslehrerin schaut hilflos und entsetzt.

Das ist voll euer Ding

„Schulstreiche sind so unnötig“, urteilt Hulda verächtlich.
„Genau“, stimmt ihr Hilda zu. „Schade um die gute Schokolade ist es auch. Wer hat denn diesen Schrott gedreht? Jedenfalls kein Profi. Viel zu viel Gewackel!“
Flocki zuckt mit den Schultern. „Keine Ahnung. Die Person nennt sich ‚Pränkmän‘.

„Und warum zeigst du uns das?“, fragt Hulda. „Findest du das etwa witzig, weil wir uns mit Frau Grabenow gut verstehen?“
Zu Frau Grabenow haben die Zwillinge ein besonders enges Verhältnis. Denn sie ist die einzige Lehrerin an der Schule, die sich bereit erklärt hat, Speck zum Schulhund auszubilden. Darum ist der Vierbeiner nun öfter bei ihr.
„Nein, nein“, wehrt Flocki ab. „Ich finde nur, ihr solltet euch der Sache annehmen. Außerdem ist das doch voll euer Ding!“
„Welcher Sache?“, fragt Hilda.
„Und wieso ‚müsst‘?“, fragt Hulda.
„Was denn für ein Ding?“, frage ich.

Das hat Frau Grabenow nicht verdient

Flockis Augen leuchten vor Begeisterung. „Na, weil ihr Superdetektivinnen seid!“
Hilda lacht ungläubig. „Ich höre wohl nicht richtig …“
Flocki zählt auf. „Zuallererst habt ihr meine Unschuld im Klassenchat-Fall bewiesen und dann im Rapper-Fall die fiese Managerin von Goldi Goldzahn überführt. Und das hier, Leute, das ist euer Fall Nummer drei. Darum treffen wir uns in der Schulbibliothek. Sie wird zu eurer Detektiv-Zentrale.“
„Du spinnst doch!“, meint Hilda.
Hulda winkt ab. „Außerdem sehe ich keinen Fall, sondern nur einen besonders blöden Streich.“
„Hallo?!“, regt sich Flocki auf. „Ihr müsst doch für Gerechtigkeit sorgen. Allein schon, weil Frau Grabenow es nicht verdient hat, vor aller Welt im Netz verspottet zu werden.“
„Sorry, Flocki, aber da liegst du falsch“, erklärt Hilda. „Auf mich wirkt es nicht so, als hätte jemand gezielt Frau Grabenow zum Opfer gemacht.“

Hulda nickt. „Sehe ich auch so. Wir melden das Video bei YouTube und lassen es sperren. Und gut ist …“
„Das reicht nicht“, beharrt Flocki. „Es gibt noch weitere Videos, die alle in unserer Schule von diesem Pränkmän gedreht wurden.“
„Ja, und?“, frage ich. „Worauf willst du hinaus?“
Flocki schluckt. „Ob ihr es glaubt oder nicht: Auch ich habe so etwas wie einen detektivischen Spürsinn. Und mein Gefühl sagt mir, dass ihr diesen Pränkmän aufhalten müsst, bevor noch etwas richtig Schreckliches passiert.“
Ganz ehrlich, ich mag Flocki. Er ist mein bester Freund. Aber manchmal übertreibt er maßlos. Der alte Angsthase versucht bloß, andere Leute mit seinem Bammel anzustecken. Aber da ist er bei den Zwillingen an der falschen Adresse. Die sind dafür viel zu taff.
Irgendwie tut der Junge Hulda aber trotzdem leid. „Wir können uns ja mal die anderen Filmchen bei Gelegenheit ansehen“, verspricht sie freundlich. „Aber jetzt müssen wir echt los. Kommst du, Friedo? Abmarsch, wenn wir zu spät kommen, gibt's Ärger.“

Bloß keinen Tintenfisch

Die Eltern der Zwillinge haben mich zum Mittagessen eingeladen. Vielleicht wollen sie mich näher kennenlernen, weil wir drei befreundet sind. Außerdem helfe ich als Kameramann aus. Ab und zu jedenfalls.
Die Abramsons sind voll cool und ich bin ein klein wenig neidisch. Während ich zum Beispiel täglich nur eine Stunde am Computer sein darf und abends mein Handy in der Küche aufladen soll, läuft es bei den Abramsons viel lässiger. Die Mädchen entscheiden alleine, wann es genug ist. Oh Mann, ich würde auch gerne in so einer YouTube-Family aufwachsen. Stattdessen

besitzt meine Mutter ein Schokoladengeschäft mit kleinem Café. Mein Vater arbeitet im Büro einer Versicherung und kümmert sich um Mamas Buchführung. Beide kommen immer spät nach Hause. Aber die Abramsons sind immer da. Sie leben und arbeiten auf diesem schicken Hausboot.

Mikkel Abramson ist ein berühmter Koch-Blogger, und im Vorfeld habe ich mir heimlich ein paar seiner Videos angesehen. Der Mann ist ein wahrer Meisterkoch. Er kocht, brät, frittiert, blanchiert, pochiert und erzählt dabei genial über die Herkunft seiner Rezepte. Viele Speisen kenne ich überhaupt nicht, aber sie sehen immer sehr lecker aus. Die Portionen sind richtig schön angerichtet – wie in einem vornehmen Feinschmecker-Restaurant.

Ich habe nur Schiss, dass er heute diese kleinen Tintenfische aus seinem Oktopus-Video zubereitet. Bei dem Gedanken, auf Tentakeln und Saugnäpfen herumkauen zu müssen, wird es mir ganz anders. Ich will mich nicht blamieren.

Was ist los, Mikkel?

Wir sitzen draußen auf dem Oberdeck des Hausboots am Tisch. Der Wind streicht durch unsere Haare.

„Schön, dass du mit uns isst“, begrüßt mich Aya Abramson, die Mutter der Zwillinge, und sieht sich um. „Wo habt ihr denn Speck gelassen?“

„Der ist heute bei Frau Grabenow“, erklärt Hulda. Und Hilda erzählt vom Schoko-Video.

„Das ist ja schon fies“, urteilt Aya. „Aber wie hat euch der Junge genannt? Superdetektive?“ Sie lächelt amüsiert. „Das ist ja süß! Bist du damit auch gemeint, Friedo?“

Bevor ich darauf antworten kann, kommt Mikkel mit dem Essen.

Ich atme auf: Es gibt Spaghetti. Zum Glück!
Mikkel schwenkt auf einem Beistelltisch die Nudeln durch ein ausgehöhltes Käserad. Vermutlich Parmesan. Anschließend hievt er eine sehr überschaubare Portion auf einen Teller und raspelt eine kleine, braune Knolle hauchdünn über die Nudeln. Sowas habe ich noch nie gesehen. Egal, sage ich mir, Hauptsache kein Tintenfisch!
„Hast du schon mal Trüffel gegessen, Friedo?", möchte Frau Abramson wissen, als sie mein Gesicht sieht.
Ich schüttle den Kopf. Sie lacht. „Dann bin ich ja gespannt, was du dazu sagst."
Ich versuche, die Spaghetti ebenso geschickt aufzurollen, wie die Mädchen es tun.
Dann merke ich auf einmal, wie mich alle anstarren.
„Was ist?", frage ich.
„Es scheint dir auf jeden Fall zu schmecken", sagt Aya lächelnd und zeigt auf meinen Teller.
Er ist leer. Alle anderen Teller sind noch halbvoll.
Wie peinlich.
„Gut, dass wir dich gefilmt haben," stellt Hilda zufrieden fest. „Dann können wir uns das Ganze nachher in Zeitlupe nochmal in Ruhe ansehen."
„W-was?", stottere ich.
Hilda lacht. „Sag bloß, du hast die Kameras nicht bemerkt?"
Erschrocken schaue ich mich um.
„Ach Friedo", meint Hulda und legt ihre Hand auf meine Schulter. „Sie nimmt dich doch nur auf den Arm!"
Die Zwillinge und Aya lachen. Mikkel nicht.

Gnorkis Gemüsebömmel

Schon befürchte ich, ihn durch meine Fressgier verärgert zu haben, doch schon im nächsten Moment reicht er mir eine zweite, etwas größere Portion Reis. „Tut mir leid, Friedo, als Mädchenvater bin ich ausgehungerte Jungs einfach nicht gewohnt.“ Er lächelt gequält. „Und bitte entschuldigt, wenn ich heute etwas wortkarg bin, aber ich hatte einen echt miesen Tag.“

„Was war denn los, Papa?“, erkundigt sich Hilda.

Mikkel stochert in seinen Nudeln herum. „Es geht um einen unserer Hauptsponsoren: Gnorki Gewürze. Ich koche mit diesen Gewürzen und stelle sie auch wirklich gut zur Schau. Wir verlinken sogar den Shop mit der Firma Gnorki. Dafür finanzieren sie einen Großteil der Sendung. Alles prima soweit.“

„Und was ist dann das Problem?“, will Hulda wissen.

„Naja.“ Er seufzt. „Jetzt bringen sie ein neues, veganes Fertiggericht heraus und ich soll es in meiner Show vorstellen: Gnorkis Gemüsebömmel.“

Hilda muss lachen. „Gemüse-was?“

„Gemüsebömmel. Versteht mich nicht falsch, Kinder, ich finde die vegane Küche echt superspannend, aber diese Bällchen schmecken echt wie Hasenköttel. Ich kann die unmöglich präsentieren. Da steht ja auch meine Glaubwürdigkeit auf dem Spiel.“

„Und was willst du jetzt tun?“, will Hilda wissen.

„Keine Ahnung, wenn ich nichts zu diesen Blödbömmeln mache, finanzieren sie vielleicht meine weiteren Sendungen nicht mehr mit.“

„Ach, was.“ Ayas Mutter wirkt zuversichtlich. „Mach dir keine Sorgen, Mikkel. Wir bekommen das schon hin. Wir hatten doch schon weitaus schwierigere Kunden.“

Der Vater lächelt so halb überzeugt. „Vielleicht hast du recht.“

Er springt auf. „Ich serviere schon mal den Nachtisch."
Dann holt er kleine Törtchen mit Himbeeren, Erdbeeren und Blaubären auf einer superleckeren Creme. Es schmeckt mega.
Der Vater der Zwillinge ist jetzt viel entspannter und erzählt ein paar alte Geschichten, was schon alles bei seinen Küchendrehs schiefgelaufen ist. Einmal hat er Zucker mit Salz verwechselt und durfte sich beim Abschmecken vor laufender Kamera nichts anmerken lassen. Ein anderes Mal ging ein gespickter Braten in der Pfanne in Flammen auf.
Wir lachen viel und haben das Schoko-Video schon längst vergessen. Aber leider behält Flocki am Ende doch noch Recht.

Fiese Stürze

Tatsächlich gibt es fast täglich neue Videos. Sie stammen alle von diesem Pränkmän. Keiner weiß, wer sich hinter diesem Decknamen verbirgt. Aber seine Streiche werden immer krasser. Einmal triefen alle Jacken vor der 7b vor Wasser. Pränkmän hat sie alle unter Wasser getaucht, vermutlich im Regenfass unseres Schulgartens. Im Video ist das Entsetzen der Siebtklässler zu sehen. Ein Mädchen zieht sogar ein tropfendes Handy aus ihrer Jackentasche.
In einem anderen Video füllt Pränkmän Leim in den Seifenspender der Mädchentoilette. Die Reaktionen lassen nicht lange auf sich warten. Die Mädchen kriegen Panik – und mit Wasser geht der Kleber auch nicht ab. Also entweder ist Pränkmän selbst ein Mädchen oder er hat dort heimlich eine Kamera installiert.
Bei einer Aufführung in der Aula knotet Pränkmän unbemerkt ein paar Schülern die Schuhbändel an die Stuhlbeine. Am Ende der Veranstaltung gibt es lautes Gerumpel und böse Stürze.
Alle Pranks verbreiten sich rasend schnell über soziale Netzwerke und WhatsApp.

Und dann passiert etwas richtig Fieses: Pränkmän spannt auf dem Lehrerparkplatz einen kaum sichtbaren Draht. Es ist schwer zu sagen, ob es Pränkmän auf ein bestimmtes Opfer anlegt. Aber es ist schon wieder Frau Grabenow, die in die Falle tappt. Sie stürzt richtig böse. Ihre Tasche fliegt megaweit durch die Luft und platzt auf dem Boden auf. Papiere, Zettel und Bücher landen im Matsch. Ein Krankenwagen wird gerufen und die Polizei eingeschaltet.

„Genug ist genug", sagt Hilda zu mir und ihrer Schwester. „Jetzt ist Pränkmän eindeutig zu weit gegangen."

Speck bellt kurz. „Waff, wraff."

„Ganz genau", sagt Hulda. „Wer Frau Grabenow etwas antut, muss gestoppt werden."

„Also ist das doch ein sonnenklarer Fall für uns?", frage ich.

Die grimmigen Blicke der Zwillinge sprechen für sich.

Das ist nicht mehr lustig

Wir brauchen dringend eine Spur. Flocki ist immer noch vom letzten Treffen leicht gekränkt. Jedenfalls kommt er in den Pausen nicht mehr zu uns rüber. Und ich gehe auch nicht auf ihn zu. Der kriegt sich schon wieder ein, sage ich mir und hoffe, dass es stimmt.

In unserer Klasse nimmt Frau Kastinaki den Vorfall mit Frau Grabenow zum Anlass, um mit uns über das bestehende Handyverbot an der Schule zu sprechen.

„Wie ihr wisst", beginnt die Klassenlehrerin, „bin ich kein Fan von Verboten. Aber vor drei Jahren mussten wir drastische Maßnahmen ergreifen, nachdem ein Schüler ein paar Lehrer heimlich gefilmt und die Aufnahmen im Netz verbreitet hatte. Die Geschichte mit Frau Grabenow ist jedoch viel schlimmer. Sie hat einen bösen Sehnenriss und wird die nächsten Tage ausfallen."

Mich regt ja dieses Handyverbot an der Schule schon lange auf. Darum melde ich mich. „Wenn die Handys an unserer Schule verboten sind, warum wurden sie dann vorher nie von den Lehrern einkassiert? In den Pausen und im Schulhof spielt doch praktisch jeder damit ungestört herum."

Frau Kastinaki seufzt. „Ich weiß. Manche Kolleginnen und Kollegen haben eben Angst."

„Wovor denn?", will Benisha wissen.

„Einkassierte Handys müssen von den Eltern im Sekretariat abgeholt werden", erklärt die Lehrerin geduldig. „Nicht alle Mütter und Väter zeigen Verständnis, sondern regen sich auf, weil sie während ihrer Arbeitszeit in der Schule anrücken müssen. Manche Kollegen befürchten auch, dass sie für den Schaden aufkommen sollen, falls das Handy nach dem Abknöpfen nicht mehr funktioniert."

„Und was soll jetzt geschehen?", fragt Hilda.

„Ab heute wird es ein noch strengeres Handyverbot geben", erklärt Frau Kastinaki. „Unser Direktor und das Kollegium sind sich einig: Wer ab sofort mit seinem Handy erwischt wird, erhält es erst nach vier Wochen zurück."

In der Klasse bricht Unruhe aus.
„Voll fies! Das geht gar nicht!!"
„Das ist mein Leben!!!"
„Niemals!!!!"
„Es ist nicht zu ändern", stellt die Klassenlehrerin entschlossen fest. „Diesmal werden wir die Geräte verschärft einziehen. Der bewusst herbeigeführte Unfall von Frau Grabenow ist nicht mehr lustig. Es hätte jeden von uns Lehrern treffen und weitaus Schlimmeres zur Folge haben können."
Flocki schenkt den Zwillingen und mir einen bösen „Ich hab's doch gewusst"-Blick.

Die miese Ratte

„Sagt nicht, ich hätte euch nicht gewarnt", regt sich Flocki nach Schulschluss auf. „Hättet ihr euch um die Sache gekümmert, wäre das mit Frau Grabenau nicht passiert."
„Entschuldige mal", empört sich Hilda. „Aber wir sind ja schließlich nicht die Polizistinnen der Schule."
„Ich finde auch, dass uns keine Schuld trifft", erklärt Hulda, „sondern diesen Pränkmän. Aber vielleicht hätten wir die Geschichte doch ernster nehmen müssen."
„Finden wir heraus, wer diese miese Ratte ist", beschließt Hilda.
„Oder die miese Rättin", ergänzt Hulda.
„Gut", sagt Flocki sichtlich zufrieden. „Na endlich unternehmt ihr was!"

Hilda denkt nach. „Frau Kastinaki hat doch erzählt, dass es schon mal so ähnliche Vorfälle gab. Vielleicht steckt ja dieselbe Person dahinter."
„Aber wie sollen wir das rausfinden?", frage ich. „Flocki und ich sind erst seit zwei Jahren an der Schule."
„Ich werde mir noch mal die Videos vorknöpfen", schlägt Flocki vor. „Vielleicht gibt es einen Hinweis, den wir übersehen haben."
„Gute Idee", findet Hulda.
„Und was machen wir?", frage ich,
„Wir besuchen erstmal Frau Grabenow und schauen, wie es ihr geht. Vielleicht hat sie ja etwas gesehen."

Ein Krankenbesuch

Zum Glück wissen Hilda und Hulda, wo die Religionslehrerin wohnt. Mit einem kleinen Blumenstrauß und frischem Kuchen vom Bäcker läuten wir an ihrem Einfamilienhaus. Im Vorgarten klimpert ein Windspiel. Da niemand öffnet, springt Speck fröhlich bellend um die Ecke in den Garten. „Waff, wraff."
„Oh, Specki", ruft Frau Grabenow erfreut und streichelt den Hund. „Wie habe ich dich vermisst!"
Sie sitzt einem Lehnstuhl, das linke Bein steckt in so einem grauen Ding, das wie ein klobiger Ski-Schuh aussieht.
„Oh, Blumen und Kuchen", ruft sie freudig überrascht und will aufstehen. „Das ist ja schön."
„Bitte bleiben Sie sitzen", meint Hulda. „Wir kümmern uns um alles."
Wenige Minuten später hat Hilda Tee gekocht, während Hulda und ich den Tisch decken.
„Ich freue mich sehr über euren Besuch", sagt Frau Grabenow. „Ihr seid bisher die Einzigen."

Mir bleibt nur die Horrorklasse

„Ist denn keiner von Ihren Kollegen gekommen?“

Sie schüttelt traurig den Kopf. „Religionslehrer sind manchmal nicht sehr beliebt.“

„Hä? Wieso?“, wundert sich Hilda.

„Naja, manche meiner Kollegen finden das Fach unnötig oder nehmen es nicht ernst. Das bekomme ich öfter mal zu spüren.“

Hulda nimmt einen Schluck Tee. „Wie meinen Sie das?“

Frau Grabenow spießt mit ihrem Gipsarm ein Stück Kuchen auf die Gabel. „Ach, das sind Kleinigkeiten. Mal werde ich nicht über Stundenplanänderungen informiert oder bei der Verteilung der Klassen suchen sich manche Kollegen schnell die angenehmen Klassen aus – und für mich bleibt dann nur die Horrorklasse übrig. Bitte verzeiht, ihr zählt natürlich nicht dazu.“

Die Lehrerin lächelt bekümmert. „Ich bin das schon gewohnt und inzwischen ist mir das auch egal.“

Klingt aber nicht so.

„Haben Sie denn beim Unfall etwas gesehen?“, erkundigt sich Hilda. „Vielleicht einen Schüler, der Sie gefilmt hat?“

„Oder doch ein Erwachsener?“, vermutet Hulda. „Nach dem, was Sie uns eben erzählt haben, wäre das nicht überraschend.“

„Nein, nein“, winkt sie ab. „Das glaube ich nicht. Das scheint mir doch eher ein Schülerstreich zu sein.“ Frau Grabenow trinkt einen Schluck Tee. „Es ging alles so schnell und der Krankenwagen war auch gleich da.“

„Es soll vor ein paar Jahren schon mal einen Vorfall gegeben haben“, meint Hilda. „Ein Schüler hat heimlich Lehrer gefilmt. Wissen Sie, wer das war?“

Sie nickt. „Oh ja, erinnere mich gut an diesen Schüler. Marik Plutonski hieß der. Er und sein Kumpel Horatio Senkenstein hingen ständig zusammen herum und heckten nur Unsinn aus. Aber ich glaube kaum, dass Marik etwas damit zu tun hat."

„Und warum nicht?", fragt Hulda.

„Weil es vor drei Jahren wegen der heimlichen Aufnahmen eine Schulkonferenz gab. Danach musste er die Schule verlassen. Und Horatio hält seitdem die Füße still."

„Waff, wraff", macht Speck.

Hilda nickt. „Richtig, wir stehen wieder ganz am Anfang."

Flocki weiß was

Am nächsten Tag bestellt uns Flocki in die Schulbibliothek. Vielleicht hat er etwas herausgefunden, hoffen wir jedenfalls. Speck legt sich unter den Computertisch.

An beiden Händen hat Flocki Pflaster. Das ist nicht weiter verwunderlich. Der Junge ist und bleibt ein ungeschickter Träumer. Ständig stößt er sich oder fällt eben mal hin.

„Leute", sagt er, „ich bin alle Videos durchgegangen. Leider konnte ich darin nichts Verräterisches entdecken. Nur eine Kleinigkeit ist mir aufgefallen."

„Und was?", fragt Hilda.

„Ich gehe davon aus, dass es jemand aus den oberen Klassen ist."

Hulda schaut den Jungen kritisch an.

„Wie kommst du darauf?"

„Die Höhe der Aufnahmen."

Hilda runzelt die Stirn. „Was bitte?"

„Die Videos wurde alle von jemanden gefilmt und ins Netz gestellt, der deutlich größer ist als wir vier."

„Hm ..." Hilda kratzt sich am Kopf. „Du hast recht. Mist. Das hätte mir selber auffallen müssen."

„Oder mir", ergänzt Hulda.

„Ich habe noch ein wenig weitergeforscht", fährt Flocki fort, „und geschaut, wer die Pränkmän-Videos liked und weiterleitet."
Hilda stampft ungeduldig auf. „Jetzt spann uns nicht länger auf die Folter."
„Es sind alles Elftklässler. Die meisten sogar aus der 11b."
„Wow, du bist ja doch ein richtiger Detektiv", stellt Hulda anerkennend fest. „Und weißt du, wer es ist?"
„Einer der Jungs, der im Netz sehr aktiv ist und auch viele andere Streiche teilt, ist ziemlich groß."
„Heißt er zufällig Horatio?", fragt Hilda.
Flocki nickt verblüfft. „Woher weißt du … ?"
„Den sollten wir uns mal vorknöpfen", findet Hulda.
„Da wäre ich vorsichtig", rät Flocki. „Ich habe ihn bereits angesprochen." Er zeigt auf seine Pflaster. „Aber er wollte nicht mit mir reden und hat mich geschubst."

Horatio hat ein Problem

Horatio ist im Schulhof nicht zu übersehen. Der lange Lulatsch steht mit seinen Kumpeln in der Nähe der Regentonne. Gemeinsam schauen sie auf sein Handy und lachen. Anscheinend haben sie keine Angst, dass ihnen ein Lehrer das Gerät abnimmt. Horatio ist wirklich sehr groß, ich schätze ihn auf zwei Meter. Vielleicht ist er auch noch größer. Ich kann sowas nur schwer schätzen.
Als die Zwillinge und ich mit Speck anrücken, beachtet er uns eine Weile nicht. Flocki bleibt lieber bei den Fahrrädern in Deckung.
Horatio redet und redet, seine Freunde hängen andächtig an seinen Lippen.
„Können wir uns unterhalten?", unterbricht ihn Hilda.

Horatio spricht noch ein wenig weiter, dann schaut er die Zwillinge verächtlich an. „Sieh an“, sagt er herablassend. „Wenn das nicht die mondänen Tussis aus dem Internet sind. Wie nennt ihr euch nochmal? Miefi und Muffi?“
Horatios Freunde lachen hämisch.
Speck beginnt zu knurren, aber Hilda sagt nur „Ganz ruhig“ – und der Hund ist still.
„Ich bin Hilda und das ist meine Schwester Hulda.“
„Und der Kleine?“ Er zeigt auf mich. „Heißt der vielleicht Hiltrud und ihr seid eigentlich Drillinge?“ Dann lacht er über seinen eigenen Witz, die beiden Kumpel kichern.
Ich kenne die Zwillinge inzwischen etwas besser und sehe, wie Hilda kurz vor dem Explodieren ist. Speck knurrt wieder leise.
„Schon gut“, meint Hilda. „Ich frage ihn schon. Bist du der Pränkmän?“
Horatios Freunde zucken kurz zusammen, aber ihr Anführer bleibt ganz gelassen.
„Besser, ihr geht“, sagt er grinsend und zeigt auf Flocki in der Entfernung. „Sonst fangt ihr euch wie der Idiot dahinten auch noch eine. Habt ihr nichts zu tun? Vielleicht ein Schmink-Video oder so?“
Dann hebt er drohend den Arm. Großer Fehler.

Such’ dir eine Wade aus

„Waff, wraff, waff, wraff!“
Speck springt den Typen kläffend an, sodass er rückwärts gegen das Regenfass knallt.
So habe ich den Hund der Zwillinge noch nie erlebt. Er knurrt und sieht wie ein wildgewordenes Raubtier aus. Schlagartig ergreifen Horatios Freunde die Flucht.

„Pfeif sofort deine Töle zurück", befiehlt er. Seine Körperhaltung mit den hochgezogenen Armen zeigt deutlich, dass er doch Angst hat.

„Waff, wraff, wrrrr!"

Hilda lächelt. „Ist mir egal, Speck, such dir einfach eine Wade aus."

Ich schaue besorgt zu Hulda, aber sie gibt mir mit einem kurzen Blick zu verstehen, dass alles nur Show ist.

„Bist du der Pränkmän?", wiederholt Hilda ihre Frage. „Lässt du dir die bescheuerten Streiche einfallen lassen und postest sie?"

„Streiche sind doch immer bescheuert", erklärt er angespannt und lässt Speck nicht aus dem Blick. „Es gibt keine intelligenten Streiche."

„Das stimmt, aber richtig blöd wird es, wenn jemand zu Schaden kommt."

„Redet ihr von der Lehrerin, die gestürzt ist? Die Alte sollte besser hinschauen, wo sie langläuft. Unfälle passieren."

„Besonders, wenn ein Draht gespannt ist", findet Hulda.

Auf Horatios Stirn steht der Schweiß. „Ach, und ihr denkt, ich war das?"

„Wir haben uns im Netz mal genau angesehen, was du so postest und teilst. Du scheinst eine Vorliebe für Pranks zu haben."

Er winkt ab, „Na und? Alle lieben Pranks!"

Es klingelt. „Und jetzt muss ich los, meine Chemielehrerin erwartet mich. Wir können ja ein andermal weiterquatschen, wenn ihr Beweise habt." Horatio lacht fies. „Ach, das habe ich ja ganz vergessen. Ihr habt gar keine."

„Waff, wraff", bellt Speck, während Horatio abzieht.

„Das sagt man nicht", meint Hulda nachsichtig.

Schaut doch mal genau hin

Wir treffen uns nach dem Unterricht erneut in der Schulbibliothek. Die Zwillinge und ich schauen uns alle Videos wieder und wieder an.

„Und?“, fragt Flocki. „Habt ihr etwas gefunden?“

„Noch nicht“, sage ich.

„Oder doch“, meint Hilda. „Jetzt!“ Sie zeigt auf den Bildschirm. „Jetzt sehe ich es ganz deutlich.“

„Ja“, stimmt Hulda ihr zu. „Es war immer vor unseren Augen.“

„Was denn?“, will Flocki wissen. „Siehst du das auch?“

„Was fragst du mich?“, rufe ich genervt. „Ich sehe nie etwas.“

„Das ist aber nicht gut“, sagt Flocki mitfühlend. „Ich meine, für einen Kameramann.“

„Waff, wraff“, macht Speck. Na klar!

Was haben die Mädchen gesehen?

NetzKrimi-Aufgaben

1 **Wer steckt hinter allem?**

2 **Finde in den Wörtern mindestens fünf versteckte Himmelskörper!** Zum Beispiel: Venusmuschel.

3 **Welche drei Fehler haben sich eingeschlichen?**

Auflösung auf S. 96

Vierter Fall: Unschuld beteuert, trotzdem gefeuert***

Es ist soweit: Ich habe mein erstes Let's Play-Video gedreht. Einigermaßen stolz präsentiere ich es den Zwillingen. Wie ich mich und mein Spiel aufnehme, weiß ich schon. Aber sie wollen mir noch ein paar nützliche Profi-Tricks verraten: Zum Beispiel, wie ich ein gutes Intro hinbekomme, wie das mit dem Schneiden geht oder welche Musik ich rechtefrei nutzen darf.

Aber als sie sich meinen Film angesehen haben, sagen sie erstmal nichts. Sagen sie sogar sehr lange nichts. Das finde ich beunruhigend.

„Was ist?", frage ich. „Gefällt euch das Spiel nicht?"

Ich liebe Clan of the Flashyman, weil ich mit einer Taschenlampe voller Tageslicht jede Menge fieser Vampire erledigen kann. Mehrfach habe ich es schon durchgezockt und jedes Mal meinen Punktestand deutlich verbessert. Es stammt von RatziFatzi-Games, eine der besten Spielefirmen der Welt. Jedenfalls meiner Meinung nach.

Hilda und Hulda hatten mir zuvor einen wichtigen Tipp gegeben: Damit mein erstes Video richtig gut wird, sollte ich ein Spiel auswählen, das ich leidenschaftlich gern spiele. Tja, das tue ich. Bei jedem Sieg durchströmt mich dieses schöne Glücksgefühl. Und wenn ich verliere, dann kann es auch passieren, dass mal mein Controller gegen die Wand knallt. Es ist bereits mein Zweiter. So viel zum Thema Leidenschaft.

„Dein Film ist kacke", sagt Hilda knapp.

Du bist nicht du

Wir sitzen im Zimmer der Zwillinge auf dem Boden.
Ich schätze ja an Hilda, dass sie immer direkt und ehrlich ist. Aber in diesem Moment versetzt mir ihre brutale Offenheit doch einen Stich. Gerne würde ich erfahren, was ich falsch gemacht habe, aber es schnürt mir gerade ein wenig die Kehle zu.
Hulda äußert sich da zurückhaltender. „Was Hilda eigentlich sagen möchte", meint sie freundlich, „ist, dass du nicht du bist."
„Ich bin nicht ich?", frage ich. „Wenn ich nicht ich bin, wer bin ich denn dann?"
„Jedenfalls nicht dieser verrückte Spacko, der sich ein Kilo Haargel auf den Kopf gekippt hat", bemerkt Hilda trocken.
„Ich wollte doch nur cool sein", verteidige ich mich. Aber vielleicht war es wirklich ein klein wenig zu viel Gel. Ich bin enttäuscht.
„Merk dir eins", belehrt mich Hilda. „Je cooler du sein willst, desto uncooler kommst du rüber. Alte You-Tuber-Weisheit."
„Sieh mal, Friedo", sagt Hulda und schenkt mir ein warmes Lächeln. „Du bist echt ein guter Typ, bist freundlich, bist ehrlich und locker. Aber in deinem Video ist davon nichts zu erkennen. Du redest anders, du kleidest dich anders und bewegst dich anders."
Vielleicht könnte da was dran sein. Mein großes Vorbild ist Goto100, ein durchgeknallter Let's-Player. Ich wäre schon gerne so lässig wie er.
„Sei einfach so wie immer", rät mir Hulda. „Nur dann bist du glaubwürdig. Hilda und ich sind im Leben auch nicht anders als vor der Kamera. Das ist unser Erfolgsgeheimnis."
Ich seufze lang. „Gibt's denn gar nichts, was euch an meinem Video gefallen hat?"

„Doch“, findet Hilda und denkt einen Tick zu lange nach. „Es war schnell zu Ende.“

Na toll!

„Waff, wraff“, bellt Speck. Ich will erst gar nicht wissen, was er dazu sagt.

Was ist denn mit Ajala los?

Mikkel öffnet die Tür. „Tut mir leid, wenn ich euch unterbreche,“ sagt der Vater der Zwillinge, „aber ihr habt Besuch.“

„Hi, Leute“, grüßt Ajala. „Kann ich euch sprechen?“

Ajala Sharma geht in unsere Klasse. Ich weiß nicht viel über sie, denn sie verhält sich meistens recht still und zurückhaltend. Heute wirkt sie auf mich allerdings verärgert, verstört und verzweifelt – und das alles gleichzeitig!

„Sicher“, sagt Hilda. „Komm doch rein.“

Ajala wirft uns einen unsicheren Blick zu. „Aber ich möchte euch wirklich nicht stören.“

Hulda lächelt. „Ach was, du störst nicht. Wir chillen gerade.“

Ajala kommt gleich zur Sache. „Ich brauche ganz dringend eure Hilfe“, sagt sie.

„Klar“, meint Hilda. „Worum geht es?“

„Um meinen Vater“, antwortet sie. „Er hat seinen Job verloren.“

Erstunken und erlogen

Hulda schaut das Mädchen voller Mitgefühl an.

„Oh, das tut mir sehr leid. Aber was können wir für dich tun?“

Dann erzählt Ajala, wie ihr Vater als Programmierer in einer großen Firma von einem Tag auf den anderen rausgeschmissen wurde. Angeblich habe er Geschäftsgeheimnisse in einer E-Mail verraten.

„Aber so etwas würde mein Papa nie tun“, sagt sie traurig. „Seine Chefs haben ihn reingelegt. Es ist alles vollkommen erstunken und erlogen. Könnt ihr bitte seine Unschuld beweisen?“
Ich muss die Zwillinge nicht einmal ansehen, um zu wissen, dass sie diesen Fall ohne zu zögern übernehmen.
„In welcher Firma hat er denn gearbeitet?“, frage ich nur so aus Neugier.
Ajala seufzt kurz. „Bei einer Spielefirma. RatziFatzi-Games, falls dir das was sagt.“
Oha! Ich bin auf jeden Fall mit von der Partie!! Aber sowas von!!!
„Waff, wraff“, macht Speck. Na gut, der meinetwegen auch.

Er will nur spielen

Am nächsten Tag gehen wir nach Schulschluss mit Ajala nach Hause. Ich weiß nicht, was ich erwartet habe. Vielleicht, dass der Vater bekümmert über einer Tasse Kaffee gebeugt sitzt und müde vor sich hinstarrt oder einfach nur noch unrasiert im Schlafanzug herumläuft.
Aber nicht Ajalas Vater. Der Mann hat es sich in einem fetten Gamersessel gemütlich gemacht und spielt Playstation. Ein Beamer wirft im Wohnzimmer ein riesiges Bild an die weiße Wand. Aus großen Boxen dröhnt der grollende Sound der Motoren. Auf einem Tischchen entdecke ich einen zweiten Controller in der Aufladestation. Sofort juckt es mich in meinen Gamer-Fingern. Kann ich jetzt echt nicht bringen.
„So ist er schon seit Tagen“, raunt uns Ajala im Flur zu. „Er macht nichts anderes mehr, sondern zockt nur den ganzen Tag.“
Das kann ich gut nachvollziehen. Zwar habe ich noch keinen Job verloren, aber ich hatte auch schon meine schlechten Tage. Spielen hilft.

Speck bellt zweimal. „Waff, wraff."
„Ja", ruft Hilda. „Uns ist das auch zu laut."
„Ajala", ruft der Vater, ohne den Blick von der Rennstrecke zu nehmen, „führe doch bitte deine Freunde in dein Zimmer und nehmt diesen Hund gleich mit."

Der traurige Gupka

Doch Ajala denkt gar nicht daran. Sie stellt sich direkt in den blendenden Lichtstrahl des Beamers und stemmt die Hände in die Hüften. „Meine Freunde sind nur wegen dir gekommen, um zu helfen."
Dieser kurze Moment der Ablenkung reicht aus: Der Rennwagen kommt von der Straße ab und landet qualmend in der Böschung. Gereizt legt ihr Vater seinen Controller zur Seite und schaltet den Fernseher aus. „Mir helfen? Wobei denn helfen?"

„Mann, Papa!“ Ajala verdreht die Augen, „Ich habe dir doch von ihnen erzählt. Bitte, du musst ihnen alles über die Kündigung sagen, damit sie dir helfen!“
Müde stemmt er sich aus dem Sessel und gibt jedem von uns die Hand. „Guten Tag, ich heiße Gupka“, sagt er betont höflich, „und ihr seid sicher Anwälte mit dem Schwerpunkt Arbeitsrecht, stimmt's?“ Und dann lacht er bitter über seinen Witz.
„Nein, aber Hulda und ich sind Detektivinnen“, stellt Hilda klar.
„Wenn etwas an Ihrer Kündigung faul war“, fügt Hulda hinzu, „dann kriegen wir das schon heraus ...“
„Von wegen Kündigung!“ Gupka schaut uns wütend an. „Hallo?! Ich bin ge-feu-ert worden!“, bricht es aus ihm heraus. „Und das wegen einer E-Mail, die ich nie geschrieben habe.“
„Könnten Sie von Anfang an erzählen?“, bittet Hulda.

Umsonst ist viel zu teuer

„Seit fünf Jahren arbeite ich bei RatziFatzi-Games als leitender Programmierer. Die Chefs heißen Robby und Bobby und sind Zwillinge. Behaupten sie jedenfalls. Damals wollten wir gemeinsam neue Spiele erschaffen, die einfach nur Spaß machen und wenig Geld kosten. Keine superteuren Konsolenspiele für reiche Gamer. Der Ärger begann erst, als ich mir Clan of the Flashyman ausgedacht habe. Ich wollte, dass die App fünf Euro kostet. Aber die Brüder bestanden darauf, sie kostenlos anzubieten. Als ‚Free to play‘.“
„Kostenlos spielen ist doch gut“, sage ich, denn ich kenne die Grenzen meines Taschengelds.

„Das sehe ich anders“, widerspricht Gupka. „Umsonst ist viel zu teuer. Viele solcher Spiele unterbrechen ständig mit Werbung, nehmen es mit dem Datenschutz nicht so genau und am Ende geben die meisten Leute über In-App-Käufe deutlich mehr Geld aus, als ihnen bewusst ist.“

„Aber man muss doch bei Clan of the Flashyman gar nichts kaufen“, sage ich.

Schon merkwürdig, dass ich mein Lieblingsspiel ausgerechnet vor seinem Entwickler verteidigen muss.

„Du kennst es?“, fragt Gupka ungläubig.

„Ja, und ich finde es genial!“, antworte ich. „Ich habe jedoch nie etwas bezahlt, sondern bin einfach in den einzelnen Leveln zurückgegangen, um mir das nötige Tageslicht zu verdienen.“

„Das könnte sich sehr bald ändern, Junge“, erklärt Gupka. „In Zukunft kommt in dem Spiel keiner mehr einen einzigen Schritt vorwärts, wenn er nicht bezahlt. Weil ich so etwas nicht programmieren wollte, haben sie mich rausgeworfen und einfach behauptet, dass ich in einer E-Mail Geschäftsgeheimnisse ausgeplaudert hätte. Aber das ist eine Lüge!“

„Können wir diese E-Mail sehen?“, fragt Hilda.

„Eigentlich nicht. Robby und Bobby haben sie mir nur ausgedruckt gezeigt, bevor sie mir meinen Laptop abgeknöpft und meine Zugangsdaten geändert haben.“

„Eigentlich?“, wiederholt Hulda.

Er grinst und holt sein Tablet. „Habe ich schon erwähnt, dass ich Programmierer bin?“

An: dirk@grollogames.com
Von: gupka@ratzifatzi.com
Betr: Quellcode

Hi Dirk,

danke für unser ausführliches Gespräch. Freue mich, wenn ich bei euch anfangen kann. Ich höre bei Robby und Bobby vermutlich schon am 1. Juli auf. Wenn nicht, melde ich mich einfach krank. Die beiden Saftsäcke können mich mal!
Wie besprochen bringe ich den Quellcode für „Clan of the Flashyman" mit. Dann könnt ihr das Spiel mit einem anderen Namen und Charakteren aufsetzen.
Natürlich erst, wenn ihr mir wie versprochen die Summe von 200.000 Euro auf mein Konto überwiesen habt. Freu mich.

Gupka
Leiter der Programmierung
RatziFatzi-Games

Jeder kann an meinen Rechner

„Ich habe das niemals geschrieben", schwört Gupka. „Ich kenne keinen Dirk und ich würde auch nie den Quellcode an unseren größten Mitbewerber verkaufen. Er ist das Herzstück jedes Spiels. Ohne meinen Code kann niemand etwas daran umprogrammieren."
„Aber das ist doch Ihre E-Mail-Adresse, oder nicht?", vergewissert sich Hilda.
„Schon, aber wir arbeiten in einem Großraumbüro. Es hätte praktisch jeder an meinen Rechner gehen können, während ich in einer Besprechung war."

„Was ist mit der Kontonummer", erkundigt sich Hulda. „Verrät die etwas?"
„Habe ich überprüft", antwortet Gupka. „Das Konto läuft auf irgendeine Firma in Panama, von der ich noch nie gehört habe."
„Könnten also ihre Chefs dahinterstecken?"
Ajalas Vater verzieht den Mund. „Ich bin nicht sicher."
„Wieso nicht?"
„Weil ich immer noch den Quellcode habe und sie nicht. Ohne ihn können sie vorerst überhaupt nichts am Spiel ändern."

Wir brauchen einen Plan

„Aber könnte jemand anderes den Code kennen und stehlen?"
Gupka schüttelt den Kopf. „Eine Chance hätte vielleicht mein Stellvertreter Heiko. Aber für ihn lege ich meine Hand ins Feuer. Heiko war der Einzige, der mir in den letzten Wochen vor dem Rauswurf und beim Krach mit Robby und Bobby immer wieder beigestanden hat."
„Ich kenne Heiko", mischt sich Ajala an. „Er ist echt in Ordnung. Er war sogar schon mit uns zusammen in Urlaub."
„Heiko gehört fast zur Familie", stimmt Gupka zu. „Er ruft mich täglich an oder er kommt vorbei und wir zocken ein bisschen."
„Weiß er denn über die E-Mail Bescheid?"
„Ich habe ihm bloß erzählt, dass ich angeblich in einer gefälschten E-Mail zur Konkurrenz wechseln wollte, aber nicht mehr. Ich wollte ihm keine Einzelheiten verraten, um ihn vor Robby und Bobby zu schützen. Die beiden vertuschen meinen Rauswurf, angeblich hätte ich selbst gekündigt. Wer die Wahrheit erfährt, fliegt vielleicht als Nächstes."
„Dann kennen also nur vier Leute den genauen Inhalt der Nachricht", schlussfolgert Hilda.

„Sie, Robby und Bobby und der echte Täter", zählt Hulda auf.
„Falls nicht einer der Brüder der Täter ist", vermutet Hilda. „Wir sollten jedenfalls der Firma einen Besuch abstatten. Aber wie sollen wir das anstellen?"
„Wir könnten doch ein Video über RatziFatzi drehen", schlage ich vor. „Hilda und Hulda in der Gaming-Fabrik."
„Eine super Idee, Friedo", findet Hulda.
„Tja", meint Hilda und nickt anerkennend. „Manchmal bist du gar nicht so doof. Ich meine, für einen Kameramann."
„Waff, wraff", macht Speck.
„Auf welcher Seite stehst du eigentlich?", frage ich den Hund.

In der Firma meiner Träume

Bei RatziFatzi-Games wollen wir zu Jacky. Einen Termin mit der Pressesprecherin zu vereinbaren, war gar kein Problem, denn ihr sind natürlich Hilda und Hulda als YouTube-Stars ein Begriff. Und dass es im Interview um Berufe in Spielefirmen gehen soll, fand Jacky auch super. Aber offensichtlich nicht so super, dass sie uns pünktlich am Eingang trifft.
Darum stehen wir und Speck dort schon eine Weile gelangweilt herum. Eigentlich geht mit diesem Besuch ein Traum für mich in Erfüllung, denn ich wollte schon immer eine Spielefirma von innen sehen. Nur Gupkas Rauswurf trübt meine Freude.
In einem riesigen Großraumbüro sitzen unglaublich viele Mitarbeiter still und konzentriert vor ihren Rechnern. Aber niemand scheint uns zu bemerken.
Hilda beugt sich zu Speck herab. „Wärst du so nett?"
Das lässt sich der Hund nicht zweimal sagen. „Waff, wraff!", kläfft er los.

Erschrocken drehen sich einige Mitarbeiter herum, wenden sich aber gleich wieder ihrer Arbeit zu. Nur ein junger Mann mit dunklen Haaren und blauen Augen springt auf uns zu. Auf seinem roten T-Shirt steht „I am a Flashyman".

„Kann ich euch helfen?", fragt er und lächelt uns an.

„Wir haben einen Termin mit Jacky", erklärt Hilda.

„Ich kann sie suchen. Kommt doch bitte mit!" Er führt uns in einen schicken Pausenraum, der sich am Rande des Großraumbüros befindet. Hier gibt es einfach alles: Wasser, Cola, Powerdrinks. Eine riesige Espressomaschine dampft vor sich hin. Außerdem stehen hier Teller mit frischen Erdbeeren, Äpfeln, Birnen, Brezeln, belegten Brötchen und jede Menge Schokoriegel.

„Nehmt euch, was ihr wollt. Ich sage nur schnell Jacky Bescheid." Dann dreht er sich doch noch einmal um und stellt für den Hund ein Schälchen mit Wasser auf den Boden. Speck schlabbert sofort los.

Aha, denke ich, so lässt sich also das Herz der Zwillinge im Handumdrehen gewinnen. Jedenfalls sind sie unübersehbar von dem Typen im roten Shirt ganz angetan. Ich nur von seinem T-Shirt.

Ist das nicht un-glaub-lich?

Mit 20 Minuten Verspätung trifft Jacky ein. Die blonde Frau trägt eine weiße Jacke aus Federn, ein kleines Handtäschchen und stolpert in hohen weißen Lackstiefeln auf uns zu. Ihr Gesicht ist übertrieben geschminkt und ich begreife: Sie hat sich extra für den Dreh mit den Zwillingen aufgetakelt.

„So sorry", haucht sie. „Un-glaub-lich, erst kam ich nicht aus dem Meeting heraus, dann musste ich noch schnell für heute Abend einen Tisch beim Italiener für die Chefs buchen. Hier geht es drunter und drüber." Dann kramt sie ihr Smartphone

aus dem Täschchen. „Hach“, ruft Jacky begeistert und macht ein Foto von uns, „das ist ja so un-glaub-lich spannend. *Hilda and Hulda are in the house.* Ich liebe eure Videos.“
Die Zwillinge haben nichts gegen Komplimente. Wenn sie aufrichtig sind. Beide Mädchen speisen Jacky mit einem kurzen Lächeln ab, das eher nach Zahnschmerzen aussieht.

Jackys Finger umklammern ihr Smartphone. „Wollen wir gleich zu den Zwillingen Robby und Bobby gehen?“ Sie lacht. „Zwillinge, wie ihr. Wir müssen nachher unbedingt ein Gruppenfoto machen, bevor ihr geht. Ist das nicht un-glaub-lich witzig?“

„Waff, wraff“, macht Speck. Und wo er recht hat, hat er recht.

Zwillinge treffen Zwillinge

Jacky führt uns mit laut klackernden Absätzen in das Büro der beiden Chefs. Von diesem Glaskasten aus können sie das ganze Großraumbüro überblicken. In einer Ecke erkenne ich eine lebensgroße Figur von Flashyman, die sie vermutlich auf der gamescom ausstellen.
Wirklich un-glaub-lich ist aber nur der Anblick von Robby und Bobby. Sie sehen sich überhaupt nicht ähnlich: Der eine ist klein, dick und hat eine Glatze. Der andere einen Kopf größer, schlank und hat seine roten Haare zu einem Zopf zusammengebunden. Immerhin tragen beide die gleiche rote Brille mit gelben Gläsern und rote Birkenstock-Schuhe.
„Ich bin Robby“, sagt der kleine Dicke. „Und das ist Bobby. Freut uns sehr, euch kennenzulernen. Zwillinge treffen Zwillinge. Wie cool ist das denn?“
Hilda ist wieder mal sehr direkt. „Sie sehen aber gar nicht wie Zwillinge aus.“

„Sind wir aber“, versichert Bobby. „Robby und ich sind am gleichen Tag mit einem Abstand von 17 Minuten geboren. Ich bin der Ältere.“ Er kichert. „Aber wenn ihr es keinem verratet: Wir haben nicht dieselbe Mutter.“

Robby legt den Arm ungelenk um Bobby. „Also wir, äh, verstehen uns mehr so als Zwillinge im Geiste sozusagen.“

„Waff, wraff“, bellt Speck kurz.

„Richtig“, sagt Hulda. „Wir sollten anfangen.“

Die Schwestern geben mir ein Zeichen, das Smartphone herauszuholen, um zu filmen.

Worum geht es hier nochmal genau?

„Ich möchte mich im Namen von RatziFatzi bei euch bedanken, dass ihr uns mit eurem Besuch ehrt“, beginnt Robby so voll geschäftsmäßig. „Wir sind ein sehr junges, frisches und sehr erfolgreiches Unternehmen und freuen uns, dass wir mit eurer Hilfe in der jungen Zielgruppe noch bekannter werden.“

Die beiden Männer gehen mir sofort auf die Nerven. Und von Hilda und Hulda weiß ich, dass sie es absolut nicht leiden können, wenn jemand mit ihrer Berühmtheit Geld scheffeln will.

Zum Glück kann ich mich auf die Zwillinge verlassen. Sie fühlen den beiden Kerlen schnell auf den Zahn.

„Wie viele Leute arbeiten hier?“, fragt Hilda.

Robby reibt sich mit der flachen Hand über die Glatze. „So etwa 100 bis 120, schätze ich. Circa 20 sind fest angestellt, der Rest sind freie Mitarbeiter.“

„Können Sie sich auf ihre Leute verlassen?“, fragt Hulda.

„Ja, klar“, meint Bobby. „Sonst wären es doch nicht unsere Leute.“

„Obwohl ich es nicht ausschließen kann“, räumt Robby ein, „dass auch jemand sein eigenes Süppchen kocht. Es wäre nicht das erste Mal, dass jemand unsere Kontakte für eigene Interessen nutzt.“

„Also könnte so jemand auch Geschäftsgeheimnisse verraten“, setzt Hilda nach.

Die falschen Zwillinge werfen der Pressesprecherin einen kurzen Blick zu. „Äh, worum ging es hier nochmal, Jacky? Ich dachte, wir sprechen über Berufe?“

„Ich blicke da gerade auch nicht so recht durch“, sagt sie und knickt mit einem ihrer schwarzen Stiefel um.

„Wir interessieren uns für Berufe … und Sicherheit“, sagt Hulda schnell.

Das scheint das Trio erstmal zu beruhigen.

„Auf Wikipedia steht, dass ein gewisser Gupka Sharmir ihr Chef-Programmierer war“, erklärt Hilda. Bei der Erwähnung des Namens zucken die Chefs zusammen.

„Warum arbeitet er hier nicht mehr?“, will Hulda wissen. Niemand sagt etwas. Nach einer kurzen Pause findet Jacky ihre Sprache zurück. „Er … er hat gekündigt“, sagt sie schnell. „Es kam, äh, un-glaub-lich überraschend.“

„Unglaublich überraschend“, wiederholt Bobby.

„Ja“, sagt Robby leise. „Unglaublich plötzlich. Eben noch da, und dann – puff! – einfach weg.“

Den beiden Männern ist das Thema spürbar unangenehm.

„Von ihm stammt doch Clan of the Flashyman“, mische ich mich nun ein.

„Ja?“ fragt Bobby misstrauisch.

„Wer kümmert sich denn jetzt um neue Level im Spiel?“

„Heiko“, meint Robby. „Er ist praktisch Gupkas Ziehsohn. Auch ein ganz talentierter Bursche. Er plant ein Spiel nur zum Hören, also auch etwas für Menschen mit schlechten Augen oder für Blinde. Das wird eine Sensation. Wollt ihr mit ihm sprechen?“

Ich nicke.

Bobby wendet sich an die Pressesprecherin. „Bring sie doch gleich im Anschluss zu Heiko. Er kann euch sicher auch mehr zur Weiterentwicklung von Clan of the Flashyman erzählen. Wir stecken da nicht so im Detail drin.“

Irgendwie habe ich das Gefühl, dass uns die beiden Typen auf einmal schnellstmöglich loswerden wollen.

„Stimmt es“, hake ich jetzt nach, „dass künftig bei Flashyman nur noch weiterspielt, wer dafür bezahlt?“

Der Glatzkopf schluckt. „Wo habt ihr das denn her?“

Und der Rotschopf erbleicht. „Das sind doch nur dumme Gerüchte, um unseren Ruf zu ruinieren.“ Er schaut auf die Uhr. „Eure Zeit ist leider um. Wir müssen, äh, weiterarbeiten.“

Hier können wir nicht reden

„Der schnelle Rauswurf eben war bestimmt meine Schuld“, sage ich vor dem Büro, während Jacky Heiko sucht, „weil ich sie nach dem Spiel gefragt habe.“
„Nein, nein“, widerspricht Hulda. „Das war gut. Aber ihnen waren alle Fragen zu Gupka total unangenehm.“
„Ich weiß nicht, ob das Gespräch mit Heiko was bringt“, zweifelt Hilda. „Gupka und er sind ja richtig eng befreundet.“
„Das stimmt“, sage ich. „Aber vielleicht weiß er etwas.“
Überraschung: Heiko ist der Typ mit dem roten T-Shirt. Die beiden Mädchen sind von ihm völlig hingerissen. Vor allem, weil er unter seinem Schreibtisch Speck krault, und der sich das bieten lässt. Heiko ist cool und wir dürfen ihn duzen.
„Wisst ihr, ich hatte früher auch mal einen Hund“, sagt er und dann reden die Drei über dies, das und jenes. Und Speck leckt ihm sogar übers Gesicht.
Hallo? Bin ich eigentlich der Einzige, der noch weiß, warum wir hier sind?
„Ist Gupka noch dein Freund?“, unterbreche ich das Geplänkel. „Ich meine, nachdem du doch seinen Job übernommen hast.“
Heiko schaut mich überrascht mit seinen blauen Augen an. „Natürlich ist er mein Freund“, sagt er. „Nur musste doch jemand den Job übernehmen, nachdem er gekündigt hat.“
„Als sein Freund müsstest du doch wissen, dass er nicht gekündigt hat“, erwidere ich scharf.

Eine Weile lang starrt mich Heiko schweigend an, und auf einmal sieht er nicht mehr cool und nett aus.
„Sei so nett und schalte deine Handykamera ab," bittet er, greift nach meinem Smartphone und steckt es in seine Hosentasche.
„Hier können wir nicht ungestört reden", flüstert er. „Kommt mit."
Wir folgen ihm über den Flur in den Keller hinab, bis wir eine muffige und schlecht beleuchtete Kammer voller Spinnweben erreichen. Darin stehen ein leerer Schreibtisch und ein Stuhl. Es sieht hier ziemlich abgeranzt aus.
„Das ist Gupkas letzter Arbeitsplatz", erklärt er.
„Hier? Im Keller?", wundert sich Hilda.
„War nicht seine Idee", meint Heiko.

Die Wahrheit über Gupka

„Ihr müsst mir etwas versprechen." Heiko zieht mein Smartphone aus seiner Tasche, schaltet es aus und reicht es mir. „Was ich euch jetzt erzähle, muss unbedingt unter uns bleiben."
Die Zwillinge sind einverstanden.
„Wisst ihr, ich will nicht auch meinen Job verlieren. Gupka ist mein Freund, Vorbild, der fähigste Programmierer, der mir je begegnet ist. Ein echtes Genie. Aber er hat sich leider auch Feinde in der Firma gemacht."
„Wen denn zum Beispiel?", fragt Hilda.
„Er hat ständig an Jacky rumgemeckert, weil sie angeblich seine Mails lesen würde."
„Und?", fragt Hulda. „Hat sie?"
Heiko zuckt mit den Schultern. „Ehrlich gesagt, kann ich mir das bei ihr nicht vorstellen. Zweimal die Woche muss ich ihren Computer richten, weil sie wieder alles komplett verstellt hat. Manchmal denke ich aber, sie macht das extra."

„Warum sollte sie das tun?“
„Nun …“ Er lächelt vielsagend. „Sie mag mich.“
„Und was ist mit den beiden Chefs?“, erkundigt sich Hilda.
Heiko lehnt sich gegen den staubigen Tisch. „Gupka hat sich täglich mit Robby und Bobby gestritten, weil er Free-to-play hasst. Es gab fast keine Besprechung, die er nicht mit seiner Kritik ausgebremst hätte. Bobby hat sogar mal einen Donut nach ihm geworfen. Am Ende hatte Gupka alle Mitarbeiter gegen sich.“ Heiko seufzt. „Es war schlimm.“
„Wie schlimm?“, möchte Hilda wissen.
„Mal kam Gupka ins Büro und seine Tastatur war weg, mal wurden die Tasten heimlich vertauscht. Einmal hatte jemand seinen Stuhl entfernt, ein anderes Mal seinen Arbeitsplatz vollkommen mit einer klebrigen Masse beschmiert. Robby und Bobby haben ihn außerdem nicht mehr über Meetings informiert und den armen Kerl am Ende in diesen Keller verbannt. Ich weiß von Gupka, dass sie ihm vorwerfen, zur Konkurrenz wechseln zu wollen. Wenn ihr mich fragt, hätte er besser selbst gekündigt, anstatt sich das Leben zur Hölle machen zu lassen.“
„Könnte denn am Wechsel zur Konkurrenz etwas dran sein?“, fragt Hulda.
„Das kann ich mir bei Gupka überhaupt nicht vorstellen“, bekennt Heiko. „Andererseits sind 200.000 Euro eine Menge Geld. Wer kann schon in andere Menschen hineinsehen? Mir tut nur Ajala leid.“
Da hören wir Stöckelschritte. Jacky steht vor uns und schaut Heiko seltsam an. „Ach, hier steckt ihr. Ich habe schon das ganze Haus abgesucht. Un-glaub-lich, was macht ihr denn hier unten? Wir wollten doch noch das Gruppenfoto machen.“

Wird das ein positiver Bericht?

Wenige Minuten später treffen wir uns mit Robby und Bobby im Pausenraum. Die beiden Männer schauen die ganze Zeit betreten zu Boden.

„Dauert das lange?“ Robby klingt genervt. „Ich habe noch einen Termin.“

Jacky macht ein paar Fotos.

Auch Bobby fühlt sich sichtlich unwohl. „Wird denn das ein positiver Beitrag über uns?“

„Warum denn nicht?“, sagt Heiko und schlägt mir auf die Schulter. „Wir sind doch eine super Firma.“

„Waff, wraff“, macht Speck.

„W-was hat denn der Hund?“, erkundigt sich Bobby nervös.

Hilda lächelt. „Ach, der ist nur allergisch.“

Robby wird blass. „Etwa gegen Rothaarige?“

„Nein, gegen Lügen“, meint Hulda.

Oh nein! Zu spät begreife ich, dass die Zwillinge den Fall gelöst haben. Sogar Speck weiß Bescheid, wer die E-Mail in Gupkas Namen geschrieben hat. Nur einer blickt mal wieder nicht durch. Ich.

NetzKrimi-Aufgaben

1 **Wer steckt hinter allem?**

2 **Finde in den Wörtern fünf Bäume!**
Zum Beispiel: R<u>eibe</u>.

3 **Welche drei Fehler haben sich eingeschlichen?**

Auflösung auf S. 98

Eine Frage der Moral

Die fünfte Geschichte in diesem Buch ist kein Krimi. Auch gibt es weder absichtliche Fehler oder versteckte Wörter, noch eine richtige Auflösung. In *Eine Frage der Moral* geht es einzig und allein um die fachkundige Meinung einer Person, die du besonders gut kennst: dich selbst.

ALLES NETT IM KLASSENCHAT?

Ist das schon Cybermobbing oder kann das weg?

Stell dir vor, das wäre dein Klassenchat und alle lesen mit. Was macht diese kurze Unterhaltung mit dir?

Bert, bringst du morgen die Getränke zu meiner Party mit? 🎁🎉🎂 ~ Clarissa

😱😱😱 Wieso ich? ~ Bert

Hast du versprochen!!! 💪💪 ~ Clarissa

Hä? 👀 Ich dachte, Trixi besorgt Cola und Limo? ~ Bert

Ich? Ich bringe doch schon die Chips und Flips. Kann ja nicht alles schleppen. 🤪🤪 ~ Trixi

Welche Party? Macht ihr 'ne Party? ~ Benisha

Ich bringe lieber Würstchen und Steaks mit. 🍗 Für den Grill. ~ Bert

~ Clarissa
Hallo?? Alle meine Freunde sind Vegetarier! 🥦

~ Bert
Eben. Willst du, dass ich verhungere?

~ Friedo
Könnt ihr das vielleicht nicht gerade im Klassenchat besprechen?

~ Bert
Gibt's eigentlich 🎂 🍰 ?

~ Clarissa
Yolanda wollte einen mitbringen. 😋

~ Trixi
Bitte den mit Marzipan! 🙏🙏🙏

~ Bert
Echt jetzt?

~ Yolanda
Wollte eigentlich was mit 🍓🍓🍓 machen.

~ Clarissa
😘😘😘 Du bist die Beste!!!

~ Yolanda
😎

~ Lena-Lisa
Ich kann unseren Schoko-Brunnen mitbringen.

~ Yolanda
Yolanda: Hä?

~ Clarissa
🤦 Du bist doch gar nicht eingeladen! 🤨

~ Bert
🤨🤨🤨 Schokobrunnen. Kannst du ja abgeben und dann gleich wieder gehen.

~ Trixi
🤣🤣🤣

~ Hilda
Nicht euer Ernst, Leute. Seid ihr eigentlich noch ganz knusper?

Wissensteil: Cybermobbing

Alle Fakten, die du zum Thema Cybermobbing wissen musst

Was ist Cybermobbing?

Cyber ist ein altgriechisches Wort. Wir verwenden es heute für Dinge, die im Zusammenhang mit der digitalen Welt und dem Internet stehen. So betrifft etwa *Cyber*sicherheit die Sicherheit im Internet. Mit einem *Cyber*angriff ist der Angriff eines Hackers auf einen fremden Computer gemeint. Und demnach bedeutet *Cybermobbing,* dass Mobbing im Internet stattfindet.

Mobbing ist eine Form der Gewalt.
Das Wort stammt aus der englischen Sprache und heißt wörtlich übersetzt pöbeln oder schikanieren.
Mobbing ist, wenn jemand von einer oder mehreren Personen ständig gehänselt, geärgert, gequält wird.
Mobbing ist aber auch, wenn eine Person ausgeschlossen wird oder wenn jemand schlechte Dinge und Lügen über eine andere Person verbreitet.

Cybermobbing ist das Bedrohen, Beschimpfen, Beleidigen, Bloßstellen und Belästigen anderer Personen im Netz.
Cybermobbing wird auch *Cyberbullying* genannt.

Gibt es Unterschiede zwischen Mobbing und Cybermobbing?

Ja. Mobbing ist gemein, aber Cybermobbing noch viel gemeiner. Schau dir diese zehn Punkte an:

1. Cybermobbing hat mehr Zuschauer

Beim Mobbing ist die Anzahl der Zuschauer überschaubar, beim Cybermobbing dagegen riesig.

Ein Beispiel: Ärgert Bert in der Klasse Flocki, sehen es nur zufällig anwesende Mitschüler. Teilt Bert aber davon ein Video auf WhatsApp oder einem sozialen Netzwerk, gibt es viel, viel mehr Zeugen. Die meisten sind sogar Fremde, die Flocki überhaupt nicht kennen.

2. Cybermobbing ist nicht aufzuhalten

Ist das Video erstmal in Umlauf, kann es niemand mehr stoppen. Es ist bildlich gesprochen mit einer herabstürzenden Lawine in den Bergen vergleichbar, die sich nicht mehr aufhalten lässt.

3. Cybermobbing wird unendlich oft geteilt

Wer das Video auf WhatsApp erhalten hat, kann es mühelos an Freunde weiterleiten, die es dann an ihre Freunde geben und die wiederum an ihre Freunde und endlos so weiter …

Ähnlich nimmt die Verbreitung auch in sozialen Netzwerken mächtig an Fahrt auf, wenn darin deine Freunde und andere Menschen das Video weiterleiten. Denn deren Freunde können es ebenfalls weiter- und weiterleiten.

4. Cybermobbing kann ein peinlicher Hit werden

Hochgeladene fiese Videos entwickeln oft ein unkontrollierbares Eigenleben. Hat Flocki richtig Pech, dann kann das peinliche Video auch zum großen Hit im Internet werden. Millionen Menschen würden es sehen und auch Zeitungen, Zeitschriften, Radio und Fernsehen darüber berichten. Das wäre sehr peinlich.

5. Cybermobbing zieht fiese Kommentare nach sich

Wer das Video erhält, kann es mit einem Kommentar versehen. Das sehen dann Freunde, Bekannte, aber eben auch Fremde. In der Regel fallen Kommentare bei peinlichen Videos nicht gerade freundlich, sondern eher finster und böse aus. Darüber, was andere schreiben, haben weder Bert, noch Flocki oder sonst jemand Kontrolle.

6. Cybermobbing – Kommentare fördern noch mehr Spott

Den Spott und die Schadenfreude in den Kommentaren können wiederum alle sehen, was meistens noch mehr Hohn und Häme nach sich zieht. Wer einen weiteren, gemeinen Kommentar schreibt, macht sich keine Gedanken darüber, wie es Flocki dabei geht.

7. Cybermobbing bleibt für immer

Auch nach vielen Jahren wird Berts Video über Flocki noch immer im Netz zu finden sein. Selbst wenn Flocki 18 Jahre oder 36 Jahre oder 72 Jahre alt ist. Sogar, wenn Bert es längst bereut hat. Das Internet vergisst nichts.

8. Cybermobbing löst Hilflosigkeit aus

Wenn Bert Flocki in der Schule quält, ist das für ihn schon schlimm genug. Aber als Opfer von Cybermobbing wirkt sich das auf Flocki viel katastrophaler aus: Für ihn kommen jetzt noch die Scham und die Hilflosigkeit hinzu, vor aller Welt für immer und ewig blamiert zu sein.

9. Cybermobbing macht auch Erwachsene ratlos

Wenn Bert in der Schule Flocki schubst, kann eine Lehrkraft vor Ort einschreiten und Flocki helfen. Bei einem Cybermobbing-Video reagieren Erwachsene oft ratlos und wissen nicht, was sie unternehmen sollen.

10. Cybermobbing hat oft anonyme Täter

Flocki kennt seinen Peiniger Bert. Das ist aber eher die Ausnahme. Denn oft bleiben die Täter im Netz anonym. Das bedeutet, dass niemand herausfinden kann, wer sie sind. Denn im Netz kann sich jeder einen falschen Namen geben. Das wird nie kontrolliert.

Wo findet Cybermobbing statt?

Mit Hilfe von Computern, Smartphones und Tablets findet Cybermobbing meistens hier statt:

- In Chats oder im Klassenchat
- In E-Mails, zum Beispiel, wenn andere mitlesen können
- In Foren. Das sind digitale Gruppen zum Diskutieren im Netz, wo sich Menschen zu einem bestimmten Thema austauschen.

- In Communities, das sind Gemeinschaften im Netz, die sich ebenfalls austauschen
- Auf WhatsApp u. a. Messenger
- In sozialen Netzwerken wie z. B. Instagram
- Auf Videoportalen wie YouTube
- In Kommentarspalten im Internet

Welche Formen von Cybermobbing gibt es?

Cybermobbing hat viele verschiedene Gesichter. Wissenschaftler unterscheiden folgende Formen:

Flaming
Flaming ist Englisch und lässt sich mit „Zündeln" treffend übersetzen. Gemeint ist damit, andere ständig öffentlich zu reizen oder sie zu beschimpfen, bis jemand zurückpöbelt.

Harassment
Kommt aus dem Englischen und steht für das ständige und wiederholte Belästigen, Beleidigen und Bedrängen einer Person.

Denigration
Bedeutet Verunglimpfung, also wenn über eine andere Person fiese Gerüchte oder gemeine Lügen mit dem Ziel verbreitet werden, damit möglichst viele Menschen zu erreichen.

Outing
Outing ist das peinliche und öffentliche Bloßstellen anderer Personen. Dabei werden private Dinge öffentlich, die niemanden etwas angehen. Oft sind die Täter Leute, denen wir leider vertraut haben. Das macht es dann besonders schlimm.

Exclusion
Das Wort *exclusio* kommt aus dem Lateinischen und meint hier das soziale Ausschließen oder Ausgrenzen einer oder mehrerer Personen.

Impersonation
Auf Deutsch: Verkörperung. Damit ist gemeint, dass jemand so tut, als sei er du: Vielleicht behauptet er in deinem Namen fiese Dinge oder bestellt Waren, die du dann bezahlen musst. Das wird auch „Identitätsdiebstahl" genannt.

Happy Slapping
Klingt erstmal lustig, ist es aber nicht, denn es gibt ja kein glückliches Schlagen. „Happy Slapping" ist, wenn jemand eine andere Person vor laufender Kamera schlägt oder entwürdigt, um sie mit der Aufnahme im Netz bloßzustellen.

Cyberstalking
Stalking ist das ständige Verfolgen, Belästigen oder Terrorisieren einer Person.

Cyberthreat
„Threat" heißt Drohung. In diesem Zusammenhang ist darunter die Androhung von körperlicher Gewalt und Schlimmeres zu verstehen.

Kannst du die Hilda- und Hulda Mitratekrimis und die Moral Frage einem oder mehreren Formen des Cybermobbings zuordnen?

Was macht Cybermobbing mit dem Opfer?

Das ist von Fall zu Fall verschieden.
Cybermobbing kann beim Opfer Gefühle von Minderwertigkeit und Scham auslösen. Die Konzentration lässt nach und die schulischen Leistungen nehmen ab. In schlimmeren Fällen kann Cybermobbing zu großen Ängsten, starken Depressionen und sogar zum Selbstmord führen.

Was sind die Gründe für Cybermobbing?

Wer absichtlich mobbt, könnte auf sein Opfer neidisch sein. Vielleicht will sich der Mobber auch nur an seinem Opfer rächen oder er kann die Person einfach nicht leiden. Er ist möglicherweise auch frustriert, gelangweilt oder möchte bloß Dampf ablassen.
Gehen die Täter anonym vor, macht es sie oft mutiger und dreister. Sie denken, dass sie niemand erwischen oder verantwortlich machen kann, weil sie unerkannt bleiben. Das ist aber falsch, da Experten eben doch dazu in der Lage sind, die wahre Identität eines Users herauszufinden.
Manchmal nimmt Mobbing allerdings auch seinen Anfang in einem Scherz.

Wenn ein Streich zu Cybermobbing wird

Sobald Kinder und Jugendliche als Täter in Cybermobbing verwickelt sind, wird ihnen oft unterstellt, mit voller Absicht gehandelt zu haben. In der Öffentlichkeit gelten sie als boshaft, grausam und gefühllos. Aber ist das wirklich so?

Ein Beispiel: Olli möchte Bruno einen Streich spielen. Im Schulklo reißt er plötzlich die Tür auf und macht schnell ein Foto von Bruno mit heruntergelassenen Hosen, um es wenig später zu posten. Dazu schreibt er: „Bruno, König der Würste“.
Doch denkt Olli wirklich in Ruhe darüber nach, was sein Klofoto im Netz mit Bruno macht? Vermutlich nicht. Olli findet seinen Scherz nur urkomisch. Jedenfalls in diesem Moment. Das Foto macht die Runde durch die ganz Schule und darüber hinaus.
Als Bruno das Posting entdeckt und ihn auch andere darauf ansprechen, schämt er sich abgrundtief. Es macht ihm sogar so schwer zu schaffen, dass er sich überhaupt nicht mehr in die Schule traut. Ständig hat er Bauchschmerzen, Kopfschmerzen und seine Angst nimmt derart zu, dass sich seine Eltern gezwungen sehen, einen Psychologen aufzusuchen. Bruno kehrt auch nach zwei Monaten nicht in seine alte Klasse zurück. Später wechselt er schließlich auf eine andere Schule.
Und Olli? Olli versteht die Welt nicht mehr. Er wollte Bruno doch nur einen Streich spielen. Sonst nichts! Er hat sich ganz bestimmt nicht gewünscht, dass Bruno dermaßen darunter leidet. Jetzt geht es auch Olli nicht gut. Er hat über nicht damit gerechnet, dass die Folgen so eine Wucht entfalten. Alle machen ihn für den schlechten Zustand von Bruno verantwortlich: Klassenkameraden, Freunde, Lehrer und Ollis Eltern. Er fühlt sich schuldig und hilflos.

Jeder findet ein Foto von jemanden auf dem Klo lustig. Aber niemand findet es lustig, wenn er oder sie selbst diese Person auf dem Klo ist.

Kurz: In vielen Fällen wollen Täter dem Opfer eigentlich überhaupt nicht schaden. Meistens soll ein peinliches Bild oder eine dumme Bemerkung nur ein blöder Witz oder dummer Streich sein. Auch wenn es ohne Absicht geschah, macht es die Sache für das Opfer nicht besser. Cybermobbing ist für das Opfer immer schlimm. Daran gibt es weder etwas zu entschuldigen, noch zu beschönigen. Ein Streich im Netz ist kein harmloser Streich mehr, denn das Internet vergisst nichts.

Gibt es Cybermobbing nur unter Kindern?

Nein, Mobbing und Cybermobbing findet nicht alleine bei Kindern und Jugendlichen in der Schule oder unter Freunden und Bekannten statt, sondern Cybermobbing betrifft auch viele Erwachsene in Beruf und Freizeit. Gerne wird das Thema in der Allgemeinheit ausschließlich als Problem unreifer Kinder und Jugendlicher angesehen. Aber in Wahrheit ist es ein großes Gesellschaftsproblem, das eine große Frage an uns alle stellt: Wie wollen wir miteinander umgehen?

Ist Cybermobbing strafbar?

Es gibt keinen eigenen Straftatbestand, d. h. keinen Paragrafen im Strafgesetzbuch speziell für Cybermobbing. Trotzdem kann Cybermobbing strafbar sein, zum Beispiel wenn man jemanden im Netz oder im Chat beleidigt, falsche Tatsachen über jemanden verbreitet, jemanden nötigt oder bedroht oder heimlich Ton und Bildaufnahmen von jemandem macht und diese ungefragt verbreitet.

10 Punkte, was wir im Vorfeld gegen Cybermobbing tun können

Auch wenn sich Cybermobbing nie ganz verhindern lässt, so schadet es nicht, wenn wir gegenseitig aufeinander aufpassen.

1. Recht am eigenen Bild

In der Schule darüber sprechen, was mit Fotos geht und was nicht geht. Jeder Mensch hat das Recht an seinem eigenen Bild. Niemand darf ein Foto von dir machen, wenn du es nicht willst. Und schon gar nicht posten oder teilen.

2. Vorsicht mit Fotos

Teile keine peinlichen Fotos von dir oder anderen. Am besten machst du erst gar keine.

3. Sei sparsam mit Informationen

Gib im Netz nicht zu viel von dir preis. Es geht niemanden etwas an, wo du wohnst, in welche Schule du gehst, welche Religion du hast, in welchen Sportverein du gehst oder wie alt du bist. Gib nirgends deine Telefon- oder Handynummer an.

4. Dein Passwort ist und bleibt geheim!

Verrate niemandem dein Passwort oder deinen Code. Dann kann auch niemand etwas in deinem Namen behaupten. Lass aus demselben Grund auch nirgends dein Smartphone oder deinen Laptop herumliegen.

5. Vorsicht mit Humor

Sei mit Witzen im Netz zurückhaltend. Ironie funktioniert hier nicht. Wenn du auf WhatsApp einem Freund „Na, du alte Stinkesocke“ schreibst, kann das zwar scherzhaft gemeint sein. Aber da dein Freund dabei dein Gesicht nicht sieht, sondern nur den Text liest, könnte er es missverstehen. Die Nachricht könnte ihm im wahrsten Sinne des Wortes „stinken" und er böse auf dich sein.

6. Sei immer kritisch

Prüfe immer, ob deine eigene Botschaft klar oder missverständlich ist. Verbreite keine Lügen und Gerüchte.

7. Denk an den oder die anderen

Eine unbedachte Bemerkung kann kränken, und weil andere mitlesen, auch peinlich sein. Manchmal ist es besser, noch einmal genau nachzudenken, bevor du etwas in einer WhatsApp-Gruppe schreibst oder in einem sozialen Netzwerk postest. Das ist vor allem deshalb schwierig, weil du oft vom Eifer des schnellen Hin- und Herschreibens mit Freunden mitgerissen wirst.

8. Bitte keine Schimpfwörter und Beleidigungen

Erklärt sich eigentlich von selbst, oder? Fangen andere damit an, versuche, sie freundlich zu bremsen. Ist aber schwer.

9. Sorgt in der Klasse für eine gute Atmosphäre

In einer Schulklasse geht es oft heiß her. Diskutiert doch mal gemeinsam, wie sich eine gute Atmosphäre in der Klasse schaffen lässt. Am Ende geht es immer um den gegenseitigen Respekt. Für ein gutes Schulklima sind allerdings die Lehrkräfte zuständig. Du kannst es nur einfordern. Aber: In einer Schule mit einem Klima der Angst und des Drucks ist auch die Zahl der Mobbing- und Cybermobbingfälle höher.

10. Erstellt Regeln

Versuche mit deiner Klasse gemeinsam mit den Lehrerinnen und Lehrern Regeln zu erstellen, die euch zeigen, wie ihr im Falle eines Konflikts miteinander umgeht.

Was können wir tun, wenn es zu Cybermobbing kommt?

Cool bleiben!

Keine Panik

Ruhe bewahren. Mit Panik ist niemandem geholfen.

Nicht reagieren

Wirst du gemobbt oder werden dumme Sachen über dich verbreitet, bloß nicht reagieren! Das fordert Mobber nur noch mehr heraus. Besser nicht beachten, auch wenn es sehr schwerfällt.

Sei stark!

Merken Mobber erst einmal, wieviel dir ihre Quälerei ausmacht, schießen sie sich umso mehr auf dich als Opfer ein. Je stärker du dich wehrst, desto mehr haben sie ihren Spaß und alles wird noch schlimmer. Typisch für Mobber ist, dass sie sich immer dann besonders stark fühlen, wenn du in ihren Augen immer kleiner wirst und sie deine Angst spüren.

Nicht mitmachen

Wirst du Zeuge von Cybermobbing, mache bitte nicht mit. Teile nicht, leite nicht weiter, sondern melde es beim Betreiber des sozialen Netzwerks. Je mehr Leute es melden, desto höher die Chancen, dass der peinliche Inhalt entfernt wird.

Blockieren

Kennst du die mobbende Person? Dann blockiere sie auf deinem Handy und in allen Gruppen und Netzwerken.

Falls es schlimmer ist, rufe einen Erwachsenen

Wenn dir etwas komisch oder unheimlich vorkommt und du nicht weiterweißt, hole deine Eltern. Zeige ihnen, was geschehen ist, um gemeinsam zu überlegen, was ihr unternehmen könnt.

Sichere Beweise

Mache einen Screenshot vom Vorfall.

- Beim PC geht das mit der Taste [DRUCK] und dann in PAINT oder WORD einfügen.
- Beim MAC: [HOCHSTELL], [COMMAND] und [3].
- Beim iPhone mit Homebutton: [Homebutton] + [rechter Schalter]
- Beim iPhone ohne Homebutton: [oberer Lautstärkeregler] + [rechter Schalter]
- Bei Android: Meistens Ein-/Aus-Taste und Leiser-Taste. Ist aber von Gerät zu Gerät verschieden.

Es gibt auch Screenshot-Apps.

Meldefunktion und/oder Polizei

In vielen Netzwerken gibt es eine Meldefunktion. Du solltest den Vorfall melden. Nicht immer führt das zum Erfolg. Suche gemeinsam mit deinen Eltern die Polizei auf und erstatte Anzeige.

Nicht deine Schuld

Im Internet und sozialen Netzwerke nennen sich zwar alle Freunde, verhalten sich aber oft nicht so. Vor allem gibt es nicht nur nette Menschen, sondern auch seltsame Spinner oder gefährliche Verbrecher. Wann immer dir etwas merkwürdig, fies oder eklig vorkommt, solltest du das nicht in dich hineinfressen, sondern Hilfe suchen. **Ganz wichtig: Wenn so etwas passiert, ist es nicht deine Schuld.**

Diese Adressen helfen weiter:

- www.jugendschutz.net
- www.klicksafe.de
- www.nummergegenkummer.de

NetzKrimi-Auflösungen

Erster Fall: Hass ist so krass*

1 Wer hat die fiese Nachricht geschrieben?

„Ich verstehe gar nix mehr“, sage ich. „Was genau habe ich verpasst?“
„Ganz einfach“, erklärt Hilda. „Clarissa hat sich verraten.“
„Ich?“ Clarissa regt sich auf, dann merkt sie, dass ich immer noch filme. „Das könnt ihr doch gar nicht beweisen!“
„Och“, meint Hulda. „Das war schon relativ eindeutig.“
Clarissa grinst höhnisch. „Na, da bin ich aber gespannt!“
Hilda nickt. „Du hast doch gerade Flocki den Tipp mit dem Code gegeben.“
„Ja und?“, fragt Clarissa. „Ist doch nett von mir.“
„Nun“, sagt Hulda. „Nur wer an Flockis Handy war, kann wissen, dass sein Gerät keinen Code hat.“
„Ups“, sagt Clarissa plötzlich kleinlaut.
Trixi schaut ihre Freundin böse an. „Echt jetzt? Clarissa!“
Clarissa zieht eine Schnute. „Ja, es war blöd. Ich habe mich nur geärgert, weil ich Hilda und Hulda folge, und sie mir aber nie ein einziges Like für meine Videos gegeben haben.“
„Und wieso wolltest du mir die Sache anhängen?“, empört sich Flocki.
„Keine Ahnung“, wiegelt Clarissa ab. „Gestern fand ich es noch lustig. Aber ich hätte nicht gedacht, dass es solche Wellen schlägt.“
„Waff, wraff“, macht Speck.

Hilda schüttelt nur den Kopf. „Selbst unser Hund weiß, dass Cybermobbing überhaupt nicht lustig ist.“
Clarissa wirft mir einen bösen Blick zu. „Warum lächelst du so blöd?“
Mir ist gar nicht aufgefallen, dass ich grinse. Aber sie hat recht.
„Ich bin jetzt Kameramann“, sage ich stolz.

② Welche Tiere haben sich im Text versteckt?

- *Seite 12:* Was sollen die lausigen Beleidigungen?
- *Seite 12:* Diese dämlichen Doppelzicken halten sich echt für was Besseres.
- *Seite 13:* In ihren Videos tragen die Zwillinge immer gleiche Klamotten.
- *Seite 14:* „Die Mädels hühnern nur wie üblich herum.“
- *Seite 14:* Die Mädchen sind stinksauer und lassen Berts dumme Bemerkung natürlich nicht auf sich sitzen.
- *Seite 15:* Hassbotschaften sind unser Frühstück.“
- *Seite 17:* „Du wirst lachen“, erkläre ich spitz.
- *Seite 18:* „Ihr bringt Ferdinand sicher die Hausaufgaben.“
- *Seite 18:* Flocki sitzt im Schlafanzug auf dem Bett und spielt mit seinem Fidget Spinner.

③ Welche drei Fehler haben sich eingeschlichen?

- *Seite 13:* In der 6c herrscht wegen Flockis Nachricht immer noch große Aufregung. – Richtig ist die 6d.
- *Seite 15:* Frau Kastaniki wird ganz blass. Richtig ist Kastinaki.
- *Seite 22:* Trixi regt sich auf und zeigte auf seine rote Tasche. – Vorher war sie blau.

Zweiter Fall: Wenn Deppen rappen**

1 Wer steckt hinter allem?

„Lasst uns mal etwas Licht in die Sache bringen“, findet Hilda. „Dieser Text kann überhaupt nicht von Goldi sein.“

„Warum?“, fragt der Schnauzbart.

„Etwa, weil er zu gut ist?“, fragt Goldi bang.

„Nein, weil Goldi nie ein Gangster sein wollte“, sagt Hulda. „Das hat er uns auch heute mehrfach gesagt.“

„Das stimmt.“ Goldi wendet sich an die Polizisten. „Sehen Sie? Ich bin zwar ein Rapper, aber ein ganz ganz Lieber.“

Der zweite Polizist ist noch nicht überzeugt. „Aber wer steckt dann dahinter?“

„Na die Aggro-Bärin“, ruft Tessa. „Sie will Krieg. Und sie bekommt Krieg.“

Speck bellt zweimal. „Waff, wraff.“

„Ganz genau, Speck“, sagt Hulda. „Auch die Aggro-Bärin hat nichts damit zu tun.“

„Wer möchte denn, dass Goldi mehr wie ein Gangster wird?“, fragt Hilda. „Wer findet es denn so blöd, dass er so weich ist?“

Ich bin etwas unsicher. Aber ich rate trotzdem: „Tessa?“

„Ich?“, platzt es aus Tessa heraus. „Wieso ich? Ihr habt sie doch nicht alle, Kinders! Außerdem, kannst du das irgendwie beweisen, Hilda?“

„Ja – aber ich bin Hulda. In deiner E-Mail an uns und an die Aggro-Bärin hast du beides Mal das Wort ‚Rhythmus‘ falsch geschrieben.“

„Und“, ergänzt Hilda, „in beiden steht das Wort ‚Grüßle‘ und du sagst dauernd ‚Hallöle‘.“

„Na und?“, schnauzt die Managerin. „Ich bin schließlich Schwäbin.“

Goldi Goldzahn fällt aus allen Wolken. „Ist das wahr, Tessa?“
Die Managerin kann ihm nicht in die Augen sehen. „Na ja, ich habe es vielleicht ein wenig übertrieben.“
Der Rapper sackt in sich zusammen. „Für dich habe ich mich tätowieren lassen, für dich habe ich meine Haare gefärbt und diese blöden Klamotten angezogen. Und dann noch ...“
Er steckt sich die goldene Zahnschiene in den Mund: „Daf hier!“
Er hält inne. „Oh, wartet, daf ift gut. Daf muff ich mir gleiff auffreiben.“
Bevor die Polizisten Tessa abführen, dreht sie sich noch einmal um. „Ich hoffe, ihr habt alles im Kasten. Ihr werdet sehen, das Video wird richtig abgehen!“
„Ein Gutef hat die Fache“, flüstert Goldi. „Jeft kann mir Teffa nift mehr verbieten, Dobby mit inf Bett fu nehmen.“

Es ist nicht zu übersehen: Hilda ist von ihrem Idol geheilt.

② Welche Körperteile haben sich im Text versteckt?

- *Seite 24:* Und jetzt ist ausgerechnet der Typ ihr Schwarm, dessen bescheuerter Namen nach einem Zahnarzt für Goldhamster klingt.
- *Seite 25:* Erst letzte Woche haben besonders waghalsige Fans der Aggro-Bärin seinen goldenen Mercedes abgefackelt.
- *Seite 27:* Wir drei nehmen die U-Bahn, um zum Studio des Rappers in Kreuzberg zu fahren.
- *Seite 28:* Für mich fühlt es sich beinah so an, als wären wir Eindringlinge.
- *Seite 33:* Im Knast mit Klo und Waschbecken in der Zelle.
- *Seite 34:* Kreuzberg hat sich so verändert.
- *Seite 34:* Verwirrt löst sich der Rapper aus ihrer Umarmung.

③ Welche drei Fehler haben sich eingeschlichen?

- *Seite 28:* „Jetzt fang du nicht auch noch davon an", knurrt Hilda den Hund an, bevor wir aus dem Bus steigen.
  Richtig ist: Sie fuhren U-Bahn.
- *Seite 34:* Amüsiert zieht Goldi seine rote Kappe ab und wuschelt sich durch die braunen Haare.
  Richtig ist: weißblonde Haare.
- *Seite 34:* „Nein", widerspricht der Vollbart.
  Richtig ist: Schnauzbart.

Dritter Fall: Der Pränk ist kränk**

1 Wer steckt hinter allem?

Am Nachmittag besuchen wir Frau Grabenow. Es geht ihr schon etwas besser. Sie hat einen Erdbeerkuchen gebacken und unsere Klassenlehrerin ist auch da. So unbeliebt scheint also die Religionslehrerin gar nicht zu sein.

„Ihr habt also den Täter überführt?“, erkundigt sich Frau Grabenow. „Gratuliere!“

„Der Tipp kam sogar von Ihnen“, meint Hilda. „Marik und Horatio. Erinnern Sie sich?“

„Natürlich erinnere ich mich“, sagt sie lachend. „Ich bin auf mein Bein gefallen und nicht auf den Kopf.“

„Horatio ist der Pränkmän“, sage ich. „Und die Polizei war auch schon bei ihm.“

„So wie es aussieht, wird er sich eine andere Schule suchen müssen“, meint Frau Kastinaki. „Jetzt muss er sich erstmal wegen Sachbeschädigung und Körperverletzung verantworten.“

„Waff, wraff“, macht Speck.

Hulda schüttelt sanft den Kopf. „Aber nein, Erdbeerkuchen ist nichts für dich.“

„Ach Kinder“, ruft Frau Grabenow fröhlich und stellt einen Teller mit einem Stück Kuchen auf den Boden. „Finden wir es heraus, mein kleiner Schulhund.“

2 Welche Himmelskörper haben sich im Text versteckt?

- *Seite 41:* Allein schon, weil Frau Grabenow es nicht verdient hat, vor aller Welt im Netz verspottet zu werden.
- *Seite 42:* Abmarsch, wenn wir zu spät kommen, gibt's Ärger.
- *Seite 47:* „Also ist das doch ein sonnenklarer Fall für uns?", frage ich.
- *Seite 51:* Marik Plutonski hieß der.
- *Seite 54:* Wenn das nicht die mondänen Tussis aus dem Internet sind.

3 Welche drei Fehler haben sich eingeschlichen?

- *Seite 45:* Schon befürchte ich, ihn durch meine Fressgier verärgert zu haben, doch schon im nächsten Moment reicht er mir eine zweite, etwas größere Portion Reis.
  Richtig ist: Spaghetti.
- *Seite 49:* „Hättet ihr euch um die Sache gekümmert, wäre das mit Frau Grabenau nicht passiert."
  Richtig ist: Frau Grabenow.
- *Seite 51:* Frau Grabenow spießt mit ihrem Gipsarm ein Stück Kuchen auf die Gabel.
  Richtig ist: Sie hat einen Verband am Bein.

Vierter Fall: Unschuld beteuert, trotzdem gefeuert***

1 Wer steckt hinter allem?

Ein paar Tage später besuchen wir Ajala und ihren Vater, der sich bei uns bedankt.

„Woran habt ihr gemerkt, dass es Heiko war?“, will Gupka wissen.

„Sie haben ihm doch nur von dem angeblichen Wechsel zur Konkurrenz erzählt und sonst nichts“, klärt Hulda ihn auf.

„Das stimmt“, gibt er zu.

„Aber woher wusste er dann von den 200.000 Euro als Bestechungsgeld?“, fährt Hulda fort.

„Er war nie Ihr Freund, sondern war nur hinter dem Quellcode her.“

Ajala fasst sich an die Stirn. „Darum hat er dich also immer wieder zu Hause besucht, er wollte immer nur an deinen Rechner.“

Gupka nickt. „Ich hatte inzwischen einen Anruf von Robby und Bobby. Heiko sitzt in Untersuchungshaft. Er steckt auch hinter der Schikane mit der geklauten Tastatur und meinem verwüsteten Arbeitsplatz. Auf seinem Rechner haben sie einen regen Nachrichtenaustausch mit Dirk von Grollo Games gefunden. Heiko wollte übrigens 500.000 Euro für den Code. Aber er konnte ihn nicht liefern.“

„Und was wird jetzt aus Ihnen?“, frage ich.

„Macht euch mal um mich keine Sorgen. Robby und Bobby haben mir zwar meinen alten Job und eine Gehaltserhöhung angeboten, aber ich gründe lieber meine eigene Firma.“ Dann legt er seine Hand auf meine Schulter „Wie sieht’s aus, Friedo, hättest du Lust auf einen Schülerjob als Spieletester, wenn ich soweit bin?“

Ich schnappe nach Luft.

„Friedo hat doch schon einen Job“, protestiert Hulda.

Hilda nickt. „Okay, aber wenn wir einen neuen Fall haben, bist du bei Hilda und Hulda am Start. Klar?“

Kein Zweifel, die beiden mögen mich.

② Welche Bäume haben sich im Text versteckt?

- *Seite 62:* Keine superteuren Konsolenspiele für reiche Gamer.
- *Seite 67:* Un-glaub-lich, erst kam ich nicht aus dem Meeting heraus, dann musste ich noch schnell für heute Abend einen Tisch beim Italiener für die Chefs buchen.
- *Seite 68:* Immerhin tragen beide die gleiche rote Brille mit gelben Gläsern und rote Birkenstock-Schuhe.
- *Seite 70:* Sie fühlen den beiden Kerlen schnell auf den Zahn.
- *Seite 71:* Er plant ein Spiel nur zum Hören, also auch etwas für Menschen mit schlechten Augen oder für Blinde.

③ Welche drei Fehler haben sich eingeschlichen?

- *Seite 61:* Gereizt legt ihr Vater seinen Controller zur Seite und schaltet den Fernseher aus.
  Richtig ist: Gupka hat keinen Fernseher, sondern einen Beamer.
- *Seite 70:* „Ich blicke da gerade auch nicht so recht durch“, sagt sie und knickt dann mit einem ihrer schwarzen Stiefel um.
  Richtig ist: Jacky hat weiße Stiefel.
- *Seite 71:* „Auf Wikipedia steht, dass ein gewisser Gupka Sharmir ihr Chef-Programmierer war“, erklärt Hilda.
  Richtig ist: Gupka Sharma.

Illustratorin

Julia Dudenko, geboren 1986 in Odessa, Ukraine. Studierte Kommunikationsdesign und Kommunikationsstrategie mit Schwerpunkt Illustration in Düsseldorf und Augsburg. Seit 2020 lebt und arbeitet sie in Frankfurt.

Begleitmaterial für Lehrerinnen und Lehrer

Ausschließlich für Lehrerinnen und Lehrer haben wir für den Einsatz von „NetzKrimi: Cybermobbing – Hilda und Hulda lösen jeden Fall!“ in Ihrem Unterricht kostenloses Lehrerbegleitmaterial zusammengestellt. Bei Interesse schreiben Sie uns eine E-Mail an: info@medhochzwei-verlag.de

- Unterrichtsmaterial für die Grundschule als auch für die Sekundarstufe I für Schülerinnen und Schüler von 8–13 Jahre
- Einsatz einzelner NetzKrimis oder des ganzen Bandes
- Eine allgemeine Unterrichtseinheit zum Thema Cybermobbing für mindestens 8 Unterrichtsstunden
- Vielseitig anwendbar und kombinierbar, je nach Anforderung der Lerngruppe
- Vertiefende Unterrichtseinheit zu Geschichte 1 für 6 Unterrichtsstunden
- Bereitstellung von Kopiervorlagen
- Als Exkurse fächerübergreifend verwendbar
- Einsatz zur Leseförderung (genaues Lesen mit Krimi, Suchbegriffen und Fehlern)

Tina Sabine Römer, die Autorin des Schulbegleitmaterials, ist Lehrerin für Deutsch und Geschichte sowie Unterstufenkoordinatorin und Aufgabenfeldleiterin für Gesellschaftswissenschaften an der Christian-Rauch-Schule in der nordhessischen Kleinstadt Bad Arolsen. Einer ihrer überfachlichen Schwerpunkte liegt in der Medienerziehung und im Kindermedienschutz im Rahmen von Projekten und Aufklärungsarbeit.

Mehr Rätselspaß

Fake News (Bd. 2)

Aus Gerüchten, Lügen und Fake News kann schnell mehr werden, wissen die zwei Internetdetektivinnen Hilda und Hulda. Falsche Behauptungen werden im Netz rasend schnell verbreitet und sind schwer aus der Welt zu schaffen. Gemeinsam lösen sie folgende Fälle:

Falschmeldung
Die Schülerzeitung schreibt, dass ein Lehrer Geld von betuchten Eltern für bessere Zensuren nimmt. Stimmt das? Hilda und Hulda übernehmen den Fall.

Verleumdung
Verkauft die Imbissbude wirklich Hundefutter im Dönerbrot? Und wie wird aus Gewalt im Netz echte Gewalt? Hilda und Huldas bitterster Fall.

Lügengeschichten
Im Schlosspark wird eine 400 Jahre alte Eiche gefällt. Stecken wirklich radikale Umweltschützer dahinter oder haben doch Geister ihre Hände im Spiel?

Deep Fake
Der Berliner Bürgermeister droht in einem Video an, die Sommerferien der Schule auf eine Woche zu verkürzen. Aber ist das Video wirklich echt?

Kettenbrief
Wie reagieren, wenn ein Kettenbrief mit Drohungen Angst auslöst?

128 Seiten.
Softcover. € 9,99.
Farbig Illustriert.
ISBN 978-3-86216-843-9

Mitratekrimis